이 책은

_______________의

것입니다.

신비한 동물사전

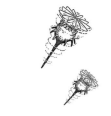

FANTASTIC BEASTS
AND WHERE TO FIND THEM

J.K. ROWLING'S WIZARDING WORLD

〈해리 포터〉 시리즈

해리 포터와 마법사의 돌
해리 포터와 비밀의 방
해리 포터와 아즈카반의 죄수
해리 포터와 불의 잔
해리 포터와 불사조 기사단
해리 포터와 혼혈 왕자
해리 포터와 죽음의 성물

〈호그와트 라이브러리〉 시리즈

신비한 동물 사전
퀴디치의 역사
(코믹 릴리프와 루모스에 기부)
음유시인 비들 이야기
(루모스에 기부)

J.K. 롤링

신비한 동물사전
FANTASTIC BEASTS AND WHERE TO FIND THEM

뉴트 스캐맨더

문학수첩 리틀북

Obscurus Books
18a Diagon Alley, LONDON

Fantastic Beasts & Where to Find Them
by J. K. Rowling

1985년 영국 코미디언들이 결성한 코믹 릴리프는 사회 정의와 빈민 구제를 위한 기금을 모으고 있습니다. 이 책의 전 세계 판매 수입금은 영국과 전 세계 어린이들을 돕고 어린이들이 더 나은 미래를 준비할 수 있도록 쓰일 것입니다. 코믹 릴리프의 자선단체 등록번호는 326568(England/Wales); SC039730(Scotland)입니다.

〈해리 포터〉 시리즈의 빛을 밝히는 주문에서 이름을 딴 루모스는 2050년까지 전 세계 취약 계층의 모든 아이들이 고아원이나 보호시설에 보내지지 않고 사랑하는 가족들과 함께하며 자랄 수 있도록 하기 위해 J.K. 롤링이 설립한 자선단체입니다. 루모스의 자선단체 등록번호는 1112575입니다.

이 책을 집필하고
이 책의 모든 인세를 아낌없이 코믹 릴리프와 루모스에 기부한
J.K. 롤링에게 감사하며

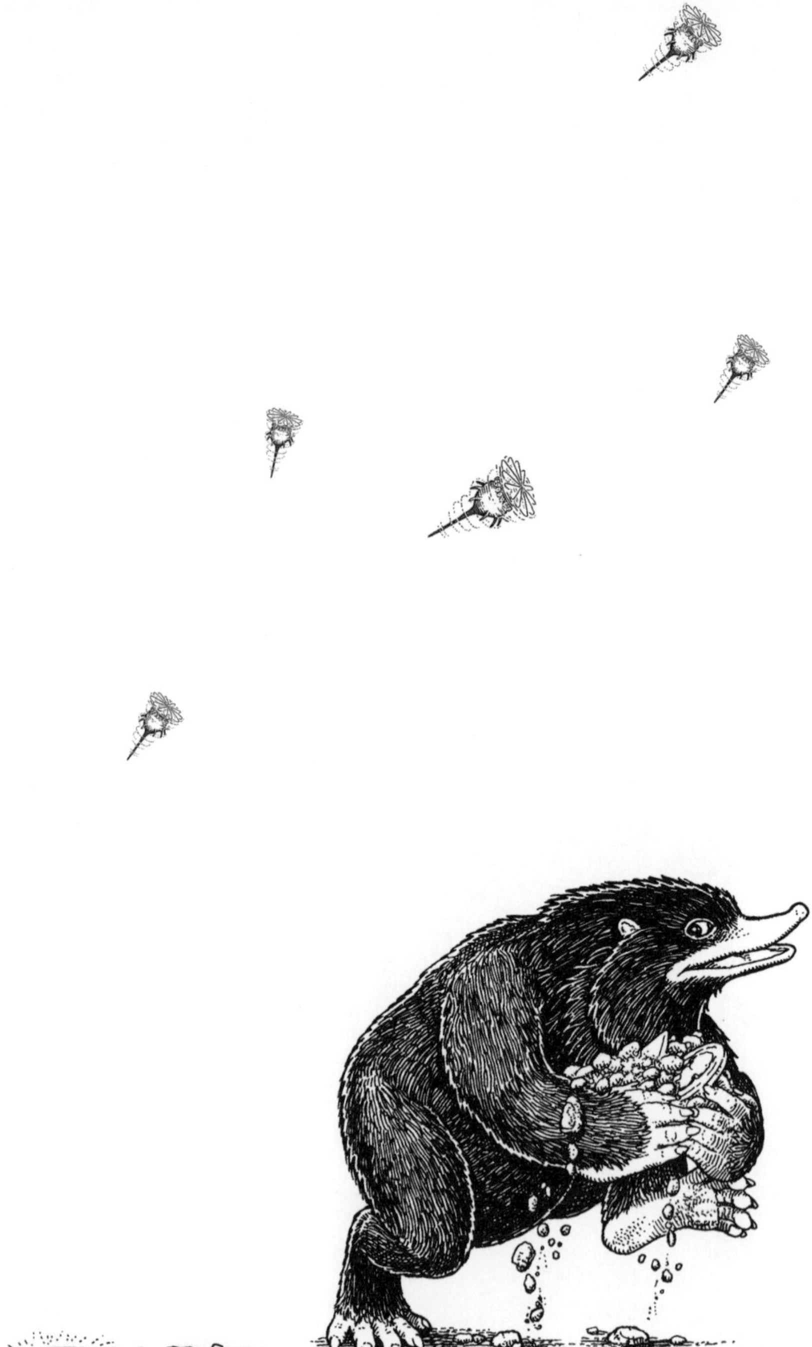

차 례

일러두기

※개정3판 1쇄부터 20주년 새 번역본에 따라 용어를 수정하였습니다.

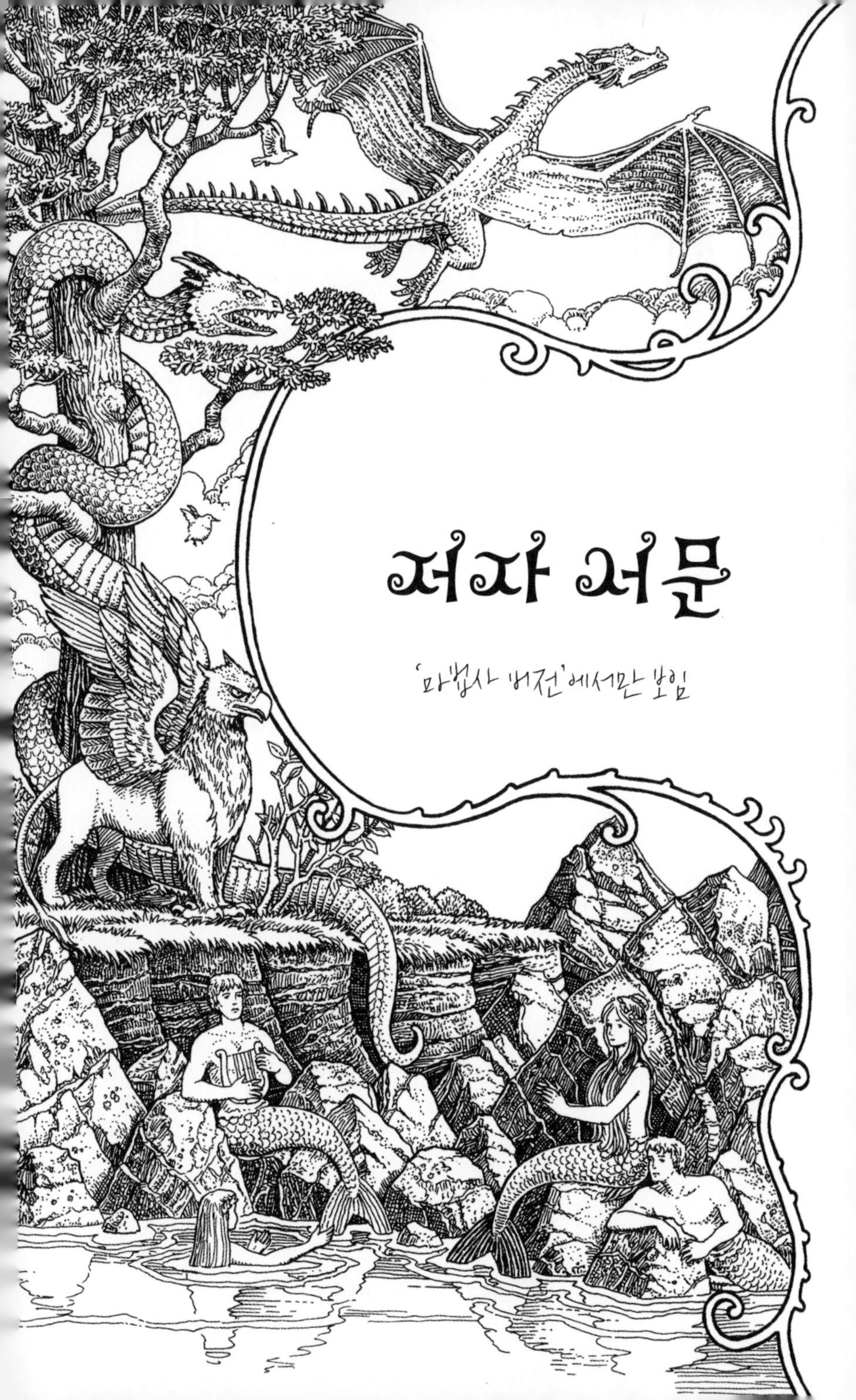

저자 서문

'마법사 버전'에서만 보임

2001년에 내 저서 《신비한 동물 사전》의 초판이 머글 독자들도 읽을 수 있도록 개정되어 출간되었다. 마법 정부에서는 머글 독자들에게 이 책이 허구라는 점을 확실히 밝히는 경고문을 포함시키는 조건으로, 존경 받는 머글 자선 단체 코믹 릴리프에 기금을 조성하기 위한 이 전례 없는 출판에 동의하였다. 알버스 덤블도어 교수는 이 조건에 맞는 추천사를 써 주겠다고 약속하였고, 우리 두 사람은 이 책이 세상에서 가장 취약한 사람들을 위해 많은 돈을 모았음에 기뻐했다.

그리고 최근 마법 정부에 보관된 몇몇 문서들이 기밀 해제되면서 《신비한 동물 사전》의 생명들이 마법 세계에 조금 더 알려졌다.

겔러트 그린델왈드가 마법 세계를 공포에 몰아넣었던 20년 동안의 내 행적에 대해서는 아직 모든 것을 이야기할 수 없다. 앞으로 더 많은 문서들이 기밀 목록에서 제외되면, 우리 역사의 어두운 기간 동안 내가 맡았던 역할에 대해 좀 더 자유롭게 말할 수 있을 것이다. 지금 이 자리에서는 최근 언론 보도에서 명백하게 잘못 언급된 몇 가지만 정정하도록 하겠다.

최근에 출간된 평전《인간인가, 괴물인가? 뉴트 스캐맨더에 대한 진실》에서 리타 스키터는 내가 마법동물학자였던 적이 없으며, 덤블도어의 스파이로서 1926년 미합중국 마법 의회(MACUSA)에 잠입하기 위한 '위장 요원'이었다고 적었다.

1920년대를 겪은 분이라면 누구나 이것이 터무니없는 주장임을 알 것이다. 당시 마법 동물들에 관심을 갖는 일은 위험하고 수상쩍은 짓으로 간주되었다. 그런 시기에 마법동물학자로 위장하려는 비밀 마법사 요원은 없었을 것이다. 돌이켜 생각해 보면, 그러한 생물들이 가득한 가방을 들고 대도시로 향한 일은 엄청난 실수였다.

당시 나는 불법으로 팔려 갔던 천둥새를 풀어 주기 위해 미국에 갔다. MACUSA가 모든 마법 동물에 사살 지침을 내렸던 것을 생각하면 꽤 위험한 짓이었다. 내 방문으로부터 1년이 지난 후에 세라피나 피쿼리 대통령이 천둥새에 대한 보호 명령을 내렸고, 이후 대통령령을 내려 모든 마법 생명체로 그 대상을 확장한 사실은 나 스스로도 자랑스럽게 생각하는 바이다. (피쿼리 대통령의 요청으로,《신비한 동물 사전》초판에서는 몇몇 중요한 미국의 마법 동물들에 대해서 언급하지 않았다. 대통령이 마법 관광객 규제를 원했기 때문이다. 당시 유럽에 비해 미국 마법 사회가 더 심각하게 박해받았고, 내가 실수로 뉴욕에서 국제 마법사 비밀 유지 법령을 심각하게 위반한 점을 고려해 나는 이에 동의했다. 그리고 이번 새로운 판본에서 그 동물들을 정당한 자리에 돌려놓는다.)

스키터의 책에 나온 터무니없는 주장들을 모두 반박하려면 몇 달은 걸릴 것이다. 단지 나는 "세라피나 피쿼리의 마음을 아프게 한 바람둥이"와는 거리가 멀며, 대통령은 내가 빠른 시간 안에 뉴욕을 자발적으로 떠나지 않으면 강제로 추방시켜 버리겠다는 태도를 취했다는 점을 분명히 밝히고자 한다.

내가 겔러트 그린델왈드를 최초로 생포한 사람이며, 알버스 덤블도어가 내게 학교 선생님 이상의 존재라는 점은 분명한 사실이다. 이 이상으로는 공식 마법 기밀 보호법과, 그보다 더 중요하게는 내 안에 존재하는 알버스 덤블도어 교수의 나에 대한 신뢰감을 저버리지 않고는 이야기할 수 없음을 양해하기 바란다.

《신비한 동물 사전》은 여러 가지 의미로 사랑의 작업이었다. 이 오랜 책을 돌이켜보면, 독자들에게는 보이지 않겠지만 모든 페이지에 아로새겨져 있는 기억들이 되살아난다. 새로운 세대의 마법사들이 우리와 마법을 공유하는 놀라운 동물들을 사랑하고 보호해야 하는 새로운 이유를 이 책 속에서 찾기를 강하게 소망해 본다.

뉴트 스캐맨더

Newt Scamander

편집자 주: 머글판에는 언제나의 헛소리를 덧붙일 것
"명백하게 허구이다, 다 재미로 하는 장난이니
걱정할 것 없다, 즐기기 바란다!"

들어가며

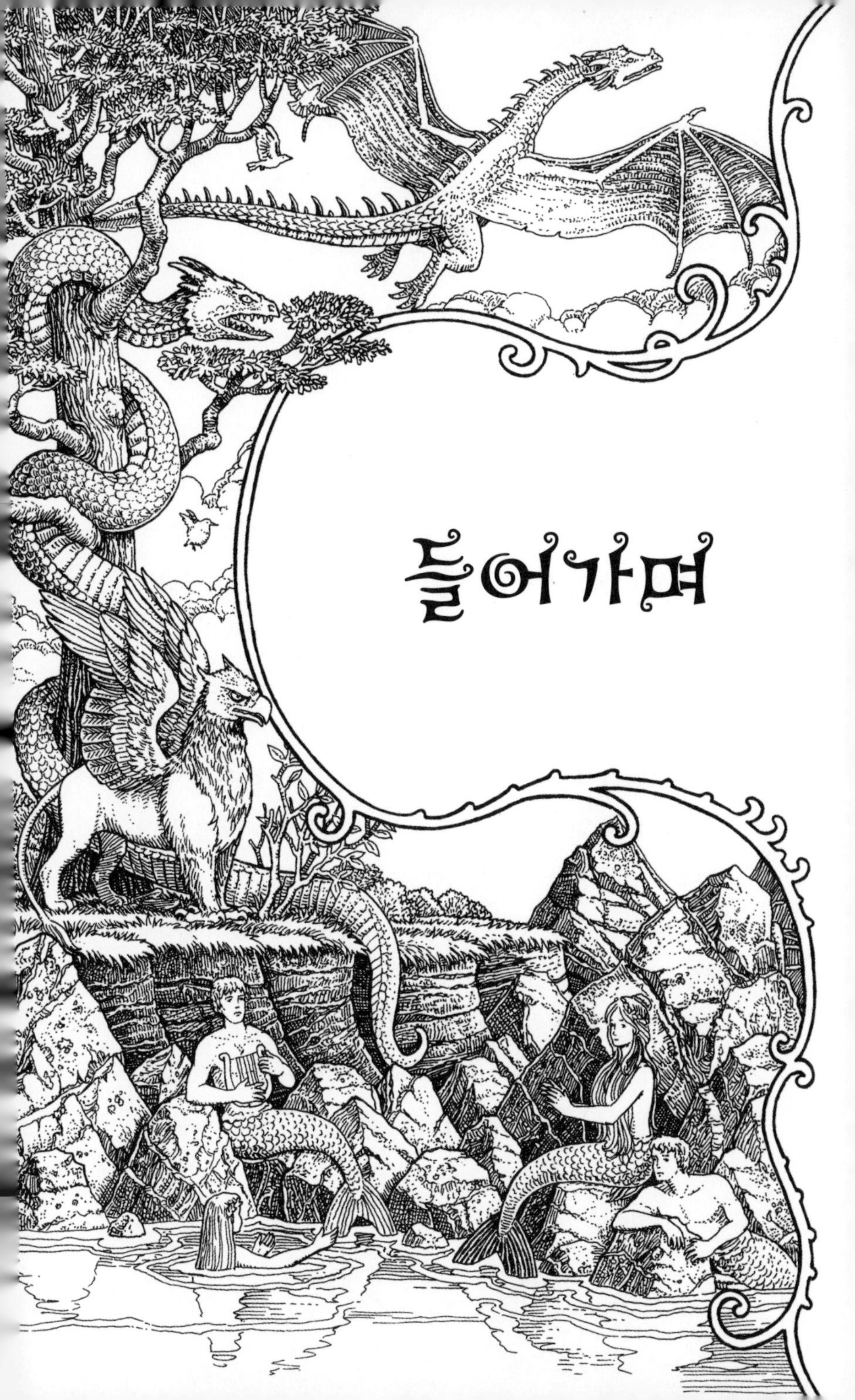

이 책에 대하여

《신비한 동물 사전》은 수년에 걸친 힘든 여행과 꾸준한 연구를 통해서 맺은 결실이다. 지금 내 머릿속에는 그 옛날 침실에 처박혀서 호클럼프의 팔다리를 떼어 보며 하루 종일 시간을 보내던 일곱 살짜리 어린 마법사의 모습이 떠오른다. 그 소년이 그 후로 떠날 숱한 여행을 생각하면 그저 부러울 따름이다. 지저분한 호클럼프에 푹 빠져 지내던 소년은 어른이 된 후에 이 책에 소개되어 있는 신비한 동물들의 뒤를 쫓아 어두컴컴한 정글에서 눈부시게 밝은 사막까지, 까마득한 산꼭대기에서 끝없이 빠지는 늪까지 모든 곳을 돌아다녔다. 다섯 대륙을 누비며 들짐승의 소굴과 새 둥지를 뒤졌고, 백여 개국을 돌아다니며 마법 동물들의 신기한 습성을 관찰했다. 그리하여 그들의 힘을 목격했으며, 그들의 신뢰를 얻었고, 때때로 여행용 주전자를 휘둘러서 그들을 물리쳤다.

《신비한 동물 사전》의 초판본은 1918년 옵스큐러스북스사의 어거스투스 웜 씨의 의뢰로 기획되었다. 웜 씨는 친절하게도 나에게 혹시 마법 생물에 대한 권위 있는 개

론서를 써 볼 의향이 있는지 물어보았다. 당시 나는 마법 정부의 말단 직원에 불과했으므로 일주일에 2시클을 받는 형편없는 수입을 늘리고, 휴일 동안 전 세계를 돌아다니며 새로운 마법 생물을 찾을 수 있는 기회를 놓치지 않았다. 그 이후의 일들은 이 책의 출판 이력을 통해 확인할 수 있다.

나는 이 장을 통하여, 1927년에 이 책이 처음 출간된 이후로 줄곧 우리 집 우편함을 가득 채우는 수많은 질문 중에서 가장 자주 받는 몇 가지에 대답하려고 한다. 그중 첫 번째는 이 모든 이야기의 가장 기본인, 바로 '동물이란 무엇인가?'이다.

동물이란 무엇인가?

'동물'에 대한 정의는 지난 몇 세기 동안 논란의 대상이 되어 왔다. 처음 마법동물학을 듣는 학생 중 일부에게는 놀라운 일일 수 있겠으나, 마법 생물의 세 가지 유형에 대해 잠시 생각해 본다면 논란을 일으키는 문제가 무엇인지를 좀 더 분명하게 파악할 수 있다.

늑대인간은 대부분의 시간을 인간(마법사 혹은 머글)으로서 살아가면서 한 달에 한 번, 사나운 네발짐승으로 변한다. 그때의 늑대인간은 오직 다른 동물을 잡아먹으려는 충동으로 가득 차 있으며, 인간으로서의 양식을 손톱만큼도 가지고 있지 않다.

켄타우로스는 인간과 다른 방식으로 생활한다. 그들은 문명의 옷을 거부하고 마법사나 머글로부터 멀리 떨어진 야생의 자연 속에서 살지만, 인간과 동등한 지성을 갖추고 있다.

트롤은 인간과 비슷한 외양을 지니고 있다. 트롤은 직립보행을 하며, 몇 가지 간단한 단어를 배울 수도 있다. 하지만 유니콘 중에서 가장 우둔한 개체보다도 지능이 뒤떨어지며, 제대로 된 마법의 힘은 전혀 사용할 줄 모른다. 그들은 오직 무시무시한 괴력만을 가지고 있을 뿐이다.

이제 우리 자신에게 질문을 던져 보자. 그들 중 과연 어느 쪽이 마법 세계의 정부에서 합법적인 권리를 부여받고 자기 목소리를 낼 수 있는 자격을 가진 '인류'일까? 또 어느 쪽이 '동물'일까?

어떤 마법 생물을 '동물'로 분류할 것인가에 관해 처음 내린 결정을 보면, 그 기준이 지극히 단순하고 무지했음을 알 수 있다.

14세기에 마법사 의회•의 의장이었던 벌덕 멀둔은 두 발로 걸어 다니는 마법 사회의 일원은 무엇이든 '인류'의 지위를 인정받고, 그렇지 않은 생물은 모두 '동물'이라고 선언했다. 그리고 우호적인 정신에 입각하여, 모든 '인류'에게 마법사와 더불어 새로운 마법 법령을 논의하자며 정상회담을 제의했다. 하지만 벌덕 멀둔은 자신이 잘못 생각했다는 사실을 깨닫고 뼈아픈 자책을 해야만 했다.

심술궂은 고블린은 찾을 수 있는 두 발 달린 생물이란 생물은 다 데리고 왔고, 그 바람에 회의장은 북새통을 이루었다. 바틸다 백숏은 《마법의 역사》에서 이 광경을 다음과 같이 묘사했다.

> 디리코울의 꽥꽥거리는 소리와 어거레이의 비통한 울음, 끊임없이 이어지는 프우퍼의 소름 끼치는 노랫소

• 마법사 의회는 마법 정부가 생겨나기 전에 있던 정부 기관이다.

리 때문에 말소리는 하나도 알아들을 수가 없었다. 마법사들이 그들 앞에 놓인 문건에 대해 논의하려 하자, 여러 픽시와 요정 들이 머리 주변을 빙빙 돌면서 킬킬거리고 재잘재잘 떠들었다. 열두어 마리의 트롤이 곤봉으로 회의실 여기저기를 부수고 다니기 시작했고, 마귀할멈은 어디 잡아먹을 아이가 없나 하고 주위를 돌아다녔다. 회의 시작을 알리기 위해 자리에서 일어섰다가 폴락이 싸 놓은 똥더미를 밟고 미끄러진 의장은 욕설을 퍼부으며 회의장을 뛰쳐나갔다.

이제까지 본 바와 같이, 단지 두 다리를 가지고 있다고 해서 그 마법 생물이 마법사 정부의 일에 참여할 의향이나 능력이 있다는 사실이 보장되는 것은 전혀 아니다. 이 일로 인해 몹시 실망한 벌덕 멀둔은, 이제 다시는 마법 사회의 비마법사 일원을 마법사 의회에 참여시키지 않겠다고 맹세했다.

벌덕 멀둔의 후임자인 엘프리다 클래그 의장은 마법 생물들과 보다 가까운 유대를 맺으려는 희망에서 '인류'라는 개념을 재정의하려고 시도했다. 그리고 '인류'란 인간의 말을 할 수 있는 모든 생물이라고 선언했다. 따라서 자신의 의사를 타인에게 말로 표현할 수 있는 생물은 모두 다음 회의에 참석해 달라는 초대장을 보냈다. 하지만 또다시 문제가 발생했다. 고블린에게서 몇 가지 단순한 문장을 배운 트롤이 지난번처럼 회의장을 엉망으로 만들어 버렸고, 자베이들은 회의장 의자 다리 사이를 마구 돌아다니면서 닥치는 대로 회의 참석자들의 무릎을 할퀴었다. 한편 대규모로 회의에 참석한 유령 대표단(멀둔 의장하에서 유령은 의회에 참석할 수가 없었다. 그들은 두 발로 걷지 않고 공중을 둥둥 떠다니기 때문이었다)은 '죽은 자의 소망과는 대조적인 산 자의 필요 사항만을 강조하는 의회의 뻔뻔스러움'에 혐오감을 느끼고 회의장에서 나가 버렸다. 멀둔 의장하에서는 '동물'로 분류되었지만, 클래그 의장하에서는 '인류'로 분류된 켄타우로스는 인어를 제외시킨 처사에 항의하면서 의회 참석을 거부했다. 인어는 물 밖에서 인어의 말 이외에는 다른 어떤 것으로도 의사소통을 할 수 없기 때문에 '인류'에서 제외되었다.

결국 1811년까지는 대부분의 마법 사회가 받아들일 만한 타당한 정의를 찾지 못했다. 드디어 새롭게 마법 정

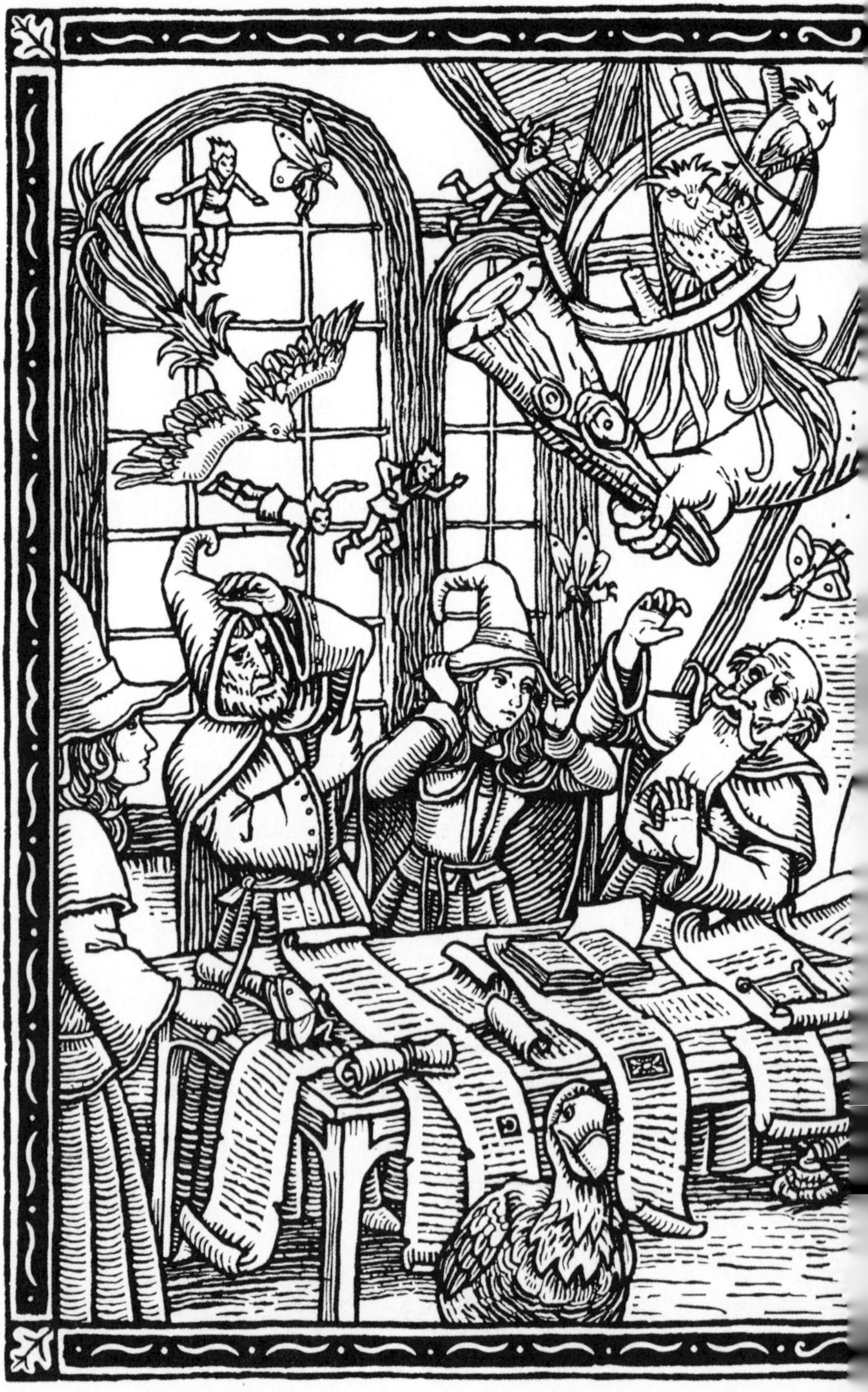

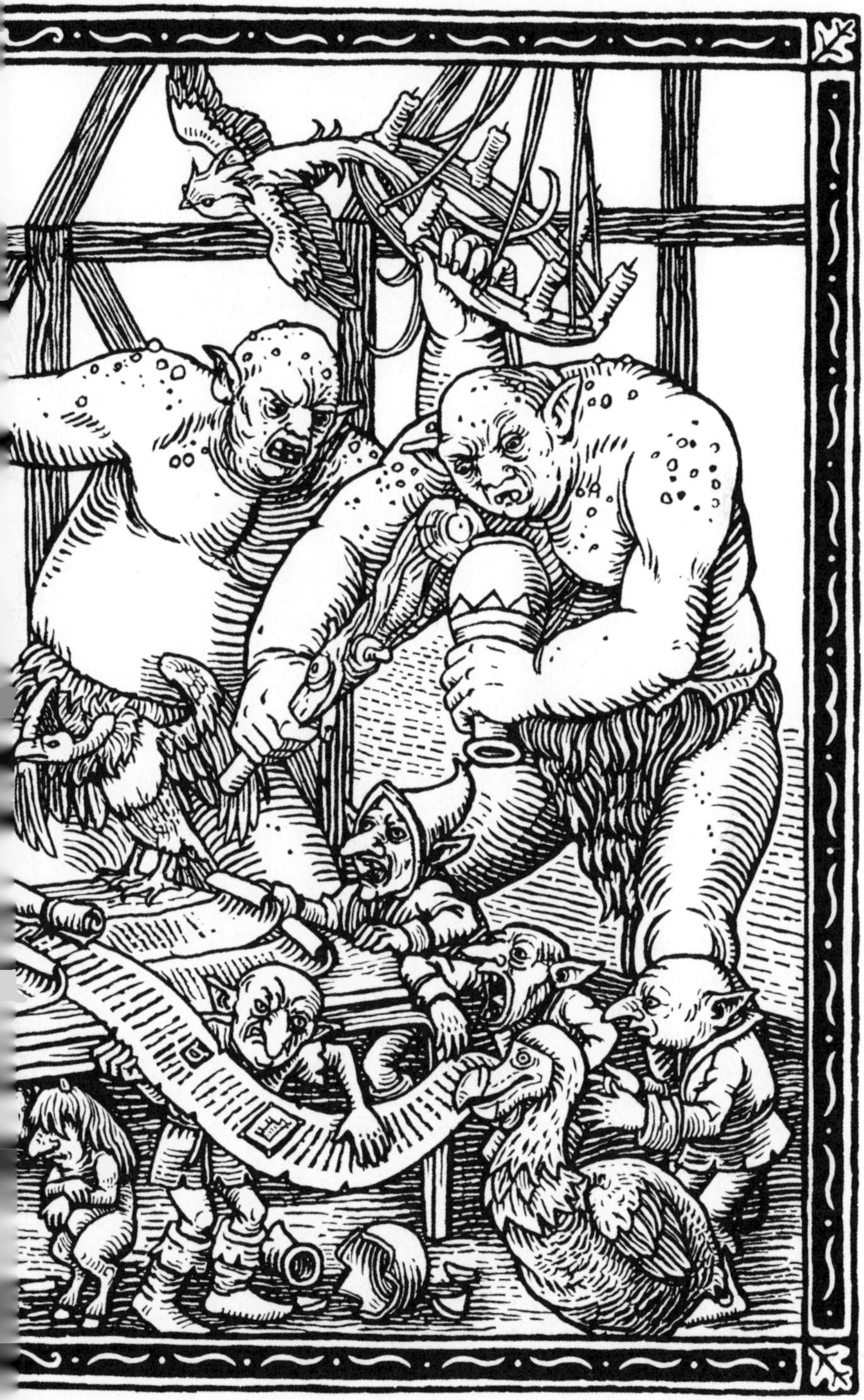

부 총리로 임명된 그로건 스텀프가 '인류란 마법 사회의 법을 이해하고 이 법을 제정하는 데 기여할 수 있는 지능을 가진 모든 생물'이라고 정의를 내렸다.• 트롤 대표단은 고블린이 없는 자리에서 몇 가지 질문을 받았고, 마침내 지적인 내용은 하나도 이해하지 못하는 것으로 판명되었다. 그러므로 트롤은 비록 두 다리로 걷기는 하지만 '동물'로 분류되었다. 인어는 통역관을 통해 처음으로 '인류'가 되어 달라는 요청을 받았다. 요정과 정령과 땅요정은 비록 인간과 비슷한 외모를 갖추기는 했지만, 확실하게 '동물'의 범주에 들어갔다.

물론 모든 문제가 거기에서 끝난 것은 아니다. 우리가 잘 알고 있는 것처럼, 요즘도 머글을 '동물'로 분류하자고 선동하는 과격파 마법사가 있다. 또한 켄타우로스가 '인류'가 되기를 거부하고 차라리 '동물'로 남겠다고 요구한 것도 널리 알려진 사실이다.•• 늑대인간은 여러 해 동

• 한 가지 예외가 유령이었다. 그들은 너무나 분명하게 '과거에 존재했던 인류'기 때문에 '인류'로 분류하는 것은 합당하지 못하다는 주장이 제기되었다. 그런 이유로 스텀프는 마법 생명체 통제 관리부 밑에 세 개의 부서를 만들었는데, 바로 동물 부서와 인류 부서 그리고 영혼 부서다.

안 인류 부서와 동물 부서 사이를 전전하고 있는데, 이 글을 쓰고 있는 지금 이 순간에도 인류 부서 산하에는 '늑대인간 지원과'가 있는 반면, 동물 부서에는 '늑대인간 등재과'와 '늑대인간 생포과'가 설치되어 있다. 높은 지능을 가졌지만 극복할 수 없는 잔혹성을 타고난 생물 몇 종도 '동물'로 분류되었다. 애크로맨툴라와 맨티코어는 지적인 언어를 구사할 수 있지만, 가까이 다가오는 인간은 무조건 잡아먹으려고 한다. 또한 스핑크스는 수수께끼와 질문을 던지는 것 이외에 다른 대화는 할 줄 모르며, 틀린 대답을 하면 사납게 변한다.

그러므로 이 책에 나오는 항목 중에 동물인지 아닌지 정확히 판단할 수 없는 생물은 그 항목에 밝혀 놓았다.

이제 마법사들이 마법동물학에 대해 이야기할 때마다

•• 켄타우로스는 뱀파이어나 마귀할멈 같은 부류와 '인류'의 지위를 함께 나누기를 거부하며, 마법 사회로부터 분리되어 그들의 문제는 그들 스스로 처리하겠다고 선언했다. 1년 후에 인어도 똑같은 요구를 했고, 마법 정부는 마지못해 그들의 요청을 받아들였다. 비록 마법 생명체 통제 관리부의 동물 부서에 켄타우로스 연락 사무국이 있기는 하지만, 이제까지 이곳을 이용한 켄타우로스는 단 한 마리도 없다. 실제로 '켄타우로스 사무국으로 보내진다'라는 말은 마법 정부 내에서 '머지않아 해고된다'는 뜻의 일종의 농담으로 통용되고 있다.

가장 자주 던지는 질문을 이야기해 보자. 왜 머글들은 이 생명체들의 존재를 알아채지 못할까?

신비한 동물과 머글의 관계에 대한 간략한 고찰

많은 마법사들에게는 놀라운 일이겠지만, 머글들은 우리가 오랫동안 힘들여 감추려 노력한 마법 생물이나 괴물에 대해 언제나 무지하지는 않았다. 중세 시대의 머글 예술품이나 문학작품을 조금만 들추어 보아도, 오늘날의 머글이 상상 속 존재라고 믿고 있는 마법 동물이 중세 시대에는 실제로 존재한다고 여겨졌다는 사실을 알 수 있다. 비록 대부분이 우스꽝스럽고 부정확하게 묘사되어 있지만 용이나 그리핀, 유니콘, 불사조, 켄타우로스 등이 중세 시대의 여러 머글 작품 속에 등장한다.

하지만 그 당시에 출간된 머글의 동물 우화집을 좀 더 꼼꼼하게 살펴보면, 대부분의 마법 동물이 머글의 눈을 감쪽같이 벗어났거나 혹은 어떤 다른 것으로 오인되었다는 사실이 드러난다. 우스터셔 출신 프란체스코 수도사인 베네딕트 수사가 남긴 글 중에서 지금까지 남아 있는 필사본을 살펴보도록 하자.

> 오늘 허브 정원에서 바질을 뽑다가 어마어마한 크기의 흰족제비를 발견했다. 그런데 이 녀석은 평범한 흰족제비처럼 도망치거나 몸을 숨기려고 하지 않고, 오히려 나를 향해 뛰어오르더니 날 땅바닥에 쓰러뜨리며 "꺼져, 이 대머리야!"라고 버럭 소리를 지르는 게 아닌가. 그러고는 코를 어찌나 세게 물어뜯던지, 나는 몇 시간이나 피를 줄줄 흘렸다. 다른 수사는 내가 말하는 흰족제비를 만났다는 사실을 좀처럼 믿으려고 하지 않으며, 혹시 보니페이스 형제의 순무 술을 마신 게 아니냐고 물었다. 부풀어 오른 코가 좀처럼 가라앉지 않는데다가 여전히 피투성이였기 때문에, 저녁 기도를 면제받았다.

우리의 머글 형제가 땅 속에서 발견한 것은 아마도 흰족제비가 아니라, 가장 좋아하는 먹이인 땅요정을 쫓고 있던 자베이였을 것이다.

불완전한 지식은 때때로 무지보다 훨씬 위험한 법이다. 허브 정원에 무언가 숨어 있을지 모른다는 두려움은 마법에 대한 머글의 공포심을 증가시켰을 게 분명하다. 그 당시에 머글이 마법사에게 가하는 박해는 극에 달하고 있었는데, 용이나 히포그리프와 같은 동물 목격담은 머글들의 이런 신경질적인 반응에 영향을 미쳤다.

하지만 이 책의 목적은 마법사가 정체를 감추고 숨어 지내기 시작한 암흑시대에 대해서 논의하는 것이 아니다.• 여기에서 우리가 관심을 갖는 것은 오직 이 전설 속의 동물이 겪어야만 했던 운명이다. 이 동물들은 우리 마법사와 마찬가지로, 머글에게 이 세상에 마법과 같은 것은 없다는 확신을 심어 주기 위해 반드시 그 존재를 감추어야 했다.

국제 마법사 연맹은 그 유명한 1692년 정상회담에서 이 문제에 대해 논의했다. 무려 7주에 걸쳐 각 나라에서 온 마법사 대표가 때로는 격렬한 설전을 벌이면서 마법

• 마법 역사상 극히 잔혹했던 이 시대에 대해서 보다 자세한 내용을 알고 싶은 사람은 바틸다 백숏의 《마법의 역사》(리틀 레드 북스, 1947)를 참고할 것.

동물에 관한 골치 아픈 문제를 해결하는 일에 매달렸다. 얼마나 많은 종류의 마법 동물을 머글 눈에서 숨길 수 있으며, 어떤 종류를 감출 것인가? 또한 어디에, 어떻게 숨길 것인가? 어떤 동물은 자신의 운명이 결정되고 있다는 사실조차 몰랐던 반면, 어떤 동물은 열심히 토론에 참여하는 가운데[••] 논쟁은 가열되었다.

마침내 회의에 참석한 대표들은 일정한 합의에 도달했다.[•••] 용과 번디먼을 포함한 스물일곱 종의 마법 동물을 머글 눈에 띄지 않게 하고, 이러한 마법 동물이 오직 상상 속에서만 존재할 뿐이라는 환상을 심어 주기로 한 것이다. 다음 세기에 이르러 은폐술에 더욱 자신이 붙은 마법사들은 이 숫자를 확대시켰다. 1750년에는 국제 마법사 비밀 유지 법령에 73조항이 첨부되었고, 오늘날 전 세계 마법 정부가 그 조항을 따르고 있다.

각 마법사 정부 당국은 각자의 영토 경계선 안에 거주

•• 켄타우로스, 인어, 고블린 대표단이 회담에 참여하였다.

••• 고블린은 합의에 동의하지 않았다.

하고 있는 모든 마법 동물과 인류 그리고 영혼의 은폐와 관리, 통제에 대한 책임을 진다. 어떤 생물이든 간에 머글 사회에 해를 입히거나 혹은 머글의 주의를 끄는 행위를 했을 경우에, 해당 국가의 마법사 정부 당국은 국제 마법사 연맹의 징계 대상이 된다.

마법 동물 은폐하기

국제 마법 비밀 유지 법령 73조항이 처음 시행된 이후로 이따금씩 위반이 있었다는 사실을 부인할 수는 없다. 아마 조금 나이가 있는 영국 독자라면 1932년에 일어난 일프라콤 사건을 기억할 것이다. 무리에서 이탈한 웨일스 그린 용 한 마리가 일광욕을 즐기는 머글이 잔뜩 몰려 있는 해변을 급습한 사건이다. 다행히도 휴가를 즐기던 한 마법사 가족의 용감한 활약 덕택에 사상자는 발생하지 않았다(이 가족은 그 공을 인정받아 멀린 1급 훈장을 수여받았다). 그들은 즉시 일프라콤 해안가에 살고 있는 모든 머글 주민에게 금세기 최대 규모의 망각 마법을 걸었고,

마법 사회는 아슬아슬하게 참사를 면할 수 있었다.•

국제 마법사 연맹은 73조항을 위반한 죄목으로 특정 지역을 거듭해서 벌금형에 처해야만 했다. 가장 빈번한 위반 지구는 티베트와 스코틀랜드다. 예티의 경우에는 헤아릴 수조차 없을 정도로 빈번히 머글들에게 목격되었기 때문에, 국제 마법사 연맹에서는 히말라야 산맥에 영구적인 기지를 세우고 국제 특수 부대를 상주시킬 필요성을 느낄 정도였다. 스코틀랜드의 네스호에 살고 있는 세계에서 가장 커다란 켈피는 생포를 피해 계속 달아나면서, 수많은 사람들의 이목을 끌고 싶다는 본능적인 갈망을 실현시키고 있는 것처럼 보인다.

이와 같은 불운한 사태들에도 불구하고, 우리 마법사들은 이 어려운 일을 제법 훌륭히 처리했다고 자축해도 좋다. 오늘날 절대 다수의 머글이 자기네 조상이 그토록 두려워했던 마법 동물의 존재를 믿으려 하지 않는다

• 블렌하임 스토크는 1972년에 쓴《목격자 머글》이라는 책에서, 일프라콤에 살고 있는 주민 몇 명은 망각 마법에 걸리지 않았다고 주장했다. "오늘날까지도 '수상쩍은 더크'라는 별명을 가진 한 머글은 남부 해안가의 술집을 돌아다니면서 '더럽게 큰 날아다니는 도마뱀'이 자신의 해수욕 에어매트에 구멍을 냈다고 지껄이고 있다."

는 것에는 조금도 의심할 여지가 없다. 폴락의 배설물이나 스트릴러의 흔적을 발견한 머글조차도—이 동물들의 흔적을 말끔히 숨길 수 있다고 믿는 것은 어리석은 일이다—멍청하기 짝이 없는 비마법적인 설명에 만족하는 것처럼 보인다.• 만약 어떤 머글이 어리석게도 히포그리프가 북쪽으로 날아가는 것을 보았다고 다른 머글에게 말한다면, 대부분의 경우 그 사람은 술주정뱅이거나 혹은 '미친' 사람이라는 말을 듣는다. 당사자인 머글 입장에서는 억울한 일이겠지만, 화형에 처해지거나 마을 연못에 던져지는 것보다야 이 편이 낫다.

그렇다면 마법 사회는 어떻게 마법 동물을 감출까?

다행스럽게도 어떤 마법 동물들은 마법사의 도움 없이 스스로의 힘으로 머글의 눈을 피한다. 테보, 데미가이즈, 보우트러클과 같은 생물은 자기들만의 대단히 효과적인 위장술을 갖고 있기 때문에 마법 정부에서 어떤 간섭도 할 필요가 없다. 타고난 영리함이나 수줍음 때문에 필

• 머글들의 이러한 다행스러운 성향에 대한 흥미로운 연구를 읽고 싶은 독자는 모디쿠스 에그 교수의 《세속 철학: 왜 머글은 알고 싶어하지 않는가》(먼지와곰팡이, 1963)를 참조할 것.

사적으로 머글과의 접촉을 피하는 생물도 있는데 유니콘, 문카프, 켄타우로스가 바로 그 예다. 또 다른 마법 생물은 머글이 도저히 접근할 수 없는 장소에 거주한다. 지도에도 나와 있지 않은 보르네오섬의 정글 깊숙한 곳에서 사는 애크로맨툴라와 마법을 사용하지 않고는 도저히 도달할 수 없는 높은 산꼭대기에 둥지를 트는 불사조 등이다. 마지막이자 가장 흔한 종류로, 너무 작거나 너무 빠르거나 혹은 인간 세계의 동물인 척하는 데 너무 능통해서 머글의 관심을 끌지 않는 부류가 있다. 치즈퍼플, 빌리위그, 크럽 등이 이 범주에 속한다.

하지만 고의든 부주의 때문이든 간에 여전히 머글의 눈에 의심스럽게 비치는 동물들이 많이 있기 때문에, 마법 생명체 통제 관리부는 상당히 많은 일을 처리해야만 한다. 마법 정부에서 두 번째로 큰 이 부서••에서는 제각기 다른 방식으로 보살핌을 받는 수많은 종의 온갖 요구를 처리하고 있다.

•• 마법 정부에서 첫 번째로 큰 부서는 '마법 사법부'로, 나머지 여섯 개의 부서는 어떤 면에서 이 부서에 보고와 해명의 의무를 가진다. 아마도 미스터리부 정도가 예외라고 할 수 있다.

안전한 서식지

아마도 마법 동물 은폐에서 가장 중요한 단계는 안전한 서식지를 만드는 일일 것이다. 머글 쫓기 마법을 쓰면, 켄타우로스나 유니콘이 살고 있는 숲과 인어를 위해 따로 마련된 호수와 강에 우연히 들어오는 침입자를 막을 수 있다. 퀸타페드처럼 극단적인 경우에는 전 지역에 위치 파악 불가 마법•을 걸기도 한다.

이러한 안전지대 중 일부는 지속적으로 마법사의 감시하에 관리되어야 한다. 용 보호 구역이 바로 그 예라고 할 수 있다. 유니콘이나 인어가 지정된 제한 구역 안에서 극히 행복해하며 만족하는 것과는 달리, 용은 항상 보호 구역 너머에 있는 먹이를 찾아 틈만 나면 달아날 기회를 노린다. 어떤 경우에는 머글 쫓기 마법이 효과를 발휘하지 못할 때도 있다. 짐승 자체가 갖고 있는 신비한 힘 때문에 마법의 효력이 사라지기 때문이다. 인간을 자기가 있는 곳으로 유인하는 것이 유일한 삶의 목표인 켈피와, 스스

• 어떤 지역에 위치 파악 불가 마법을 걸어 두면, 지도상에 그 지역의 좌표를 나타내는 것이 불가능해진다.

로 인간을 찾아다니는 포그레빈이 이런 경우다.

판매와 품종 개량에 대한 규제

보다 크고 위험해진 마법 동물들 때문에 머글이 깜짝 놀랄 가능성은 최근 들어 눈에 띄게 줄어들었다. 이제는 마법 동물의 품종을 개량한다든지 그 새끼나 알을 판매하는 등의 행위를 엄격하게 규제하며, 법을 어길 경우에는 무거운 처벌을 내리기 때문이다. 마법 생명체 통제 관리부에서는 마법 생명체의 매매 행위를 엄격하게 감시하고 있다. 1965년 실험적 품종 개량 금지법이 제정됨으로써 새로운 종의 창조는 모두 불법으로 규정되었다.

보호색 마법

거리의 평범한 마법사도 마법 생명체를 숨기는 일에 일정 부분의 역할을 맡는다. 예를 들어, 히포그리프를 소유한 마법사는 이 동물에게 보호색 마법을 걸도록 법적으로 엄격하게 규정되어 있다. 혹시라도 마법 동물을 보게 되는 머글의 시야를 왜곡시키기 위해서다. 보호색 마법은 효과가 쉽게 사라지는 경향이 있기 때문에 매일 걸어 줘야 한다.

망각 마법

최악의 사태가 벌어져서 어떤 머글이 절대로 보지 말았어야 할 것을 보았을 때, 아마도 망각 마법은 사태를 수습하기에 가장 효과적인 수단일 것이다. 망각 마법은 문제를 일으킨 동물의 주인이 직접 걸어야 하지만, 상황이 심각한 경우에는 마법 정부에서 훈련받은 망각 마법사 대원이 파견되기도 한다.

거짓 정보과

거짓 정보과는 마법 사회와 머글이 매우 심각하게 충돌하는 사태에만 관여한다. 어떤 마법적인 재난이나 사고는 너무나 명확해서 외부의 권위 있는 기관의 도움 없이는 머글에게 해명할 수 없는 경우가 있다. 이러한 경우에 거짓 정보과는 직접 머글 총리와 연락을 취해서 이 사건에 대한 그럴듯한 비마법적인 해명을 찾는다. 예를 들자면 네스호에서 살고 있는 켈피에 대한 모든 사진상의 증거가 한낱 속임수라고 머글을 설득시키려는 거짓 정보과의 부단한 노력 덕분에, 한때는 지극히 위험하게 여겨졌던 상황이 어느 정도 진정될 수 있었다.

왜 마법동물학이 중요한가?

지금까지 소개한 내용은 마법 생명체 통제 관리부의 업무가 얼마나 다양하고 광범위한 것인지를 조금 맛보여 줄 뿐이다. 이제 우리 모두가 마음 깊숙한 곳에서 이미 그 대답을 알고 있는 질문 한 가지만이 남아 있다. 바로 어째서 개인적으로나 사회적으로나 마법 동물을, 심지어 사납고 길들여지지 않는 짐승까지도 감추고 보호하려는 노력을 계속해야 하는가 하는 물음이다. 물론 그 대답은 너무나 분명하다. 우리가 지금껏 누려온 특권을 우리 후손들도 그대로 물려받아서, 이 마법 동물의 신비한 아름다움과 힘을 즐길 수 있도록 하기 위해서다.

이 책은 우리 세계에 살고 있는 마법 생명체에 대한 간단한 안내서에 불과하다. 다음 장에서 81종의 동물에 대해 자세히 설명하겠지만, 더 많은 마법 생명체가 발견되어 《신비한 동물 사전》의 또 다른 개정판이 발간될 것이라고 확신한다. 그 시간이 오기 전까지, 젊은 마법사 세대가 이 책을 통해 내가 사랑하는 마법 생명체에 대한 더욱 많은 지식을 얻고 이해를 쌓는다면 나에게 그 이상 가는 기쁨은 없을 것이다.

마법 정부 등급

마법 생명체 통제 관리부에서는 우리에게 알려진 모든 동물과 인류, 정령을 다섯 단계로 분류해 놓았다. 이러한 분류는 그 동물의 위험도를 한눈에 파악할 수 있도록 하기 위함이다. 다섯 등급은 다음과 같다.

마법 정부 등급

XXXXX	살인 동물 / 길들이거나 기를 수 없음
XXXX	위험 / 전문가의 지식이 필요함 / 숙련된 마법사만이 다룰 수 있음
XXX	유능한 마법사만이 다룰 수 있음
XX	무해함 / 집에서 기를 수 있음
X	시시함

등급 분류에 대한 추가 설명이 필요하다고 생각되는 특정 동물의 경우에는 따로 주석을 붙였다.

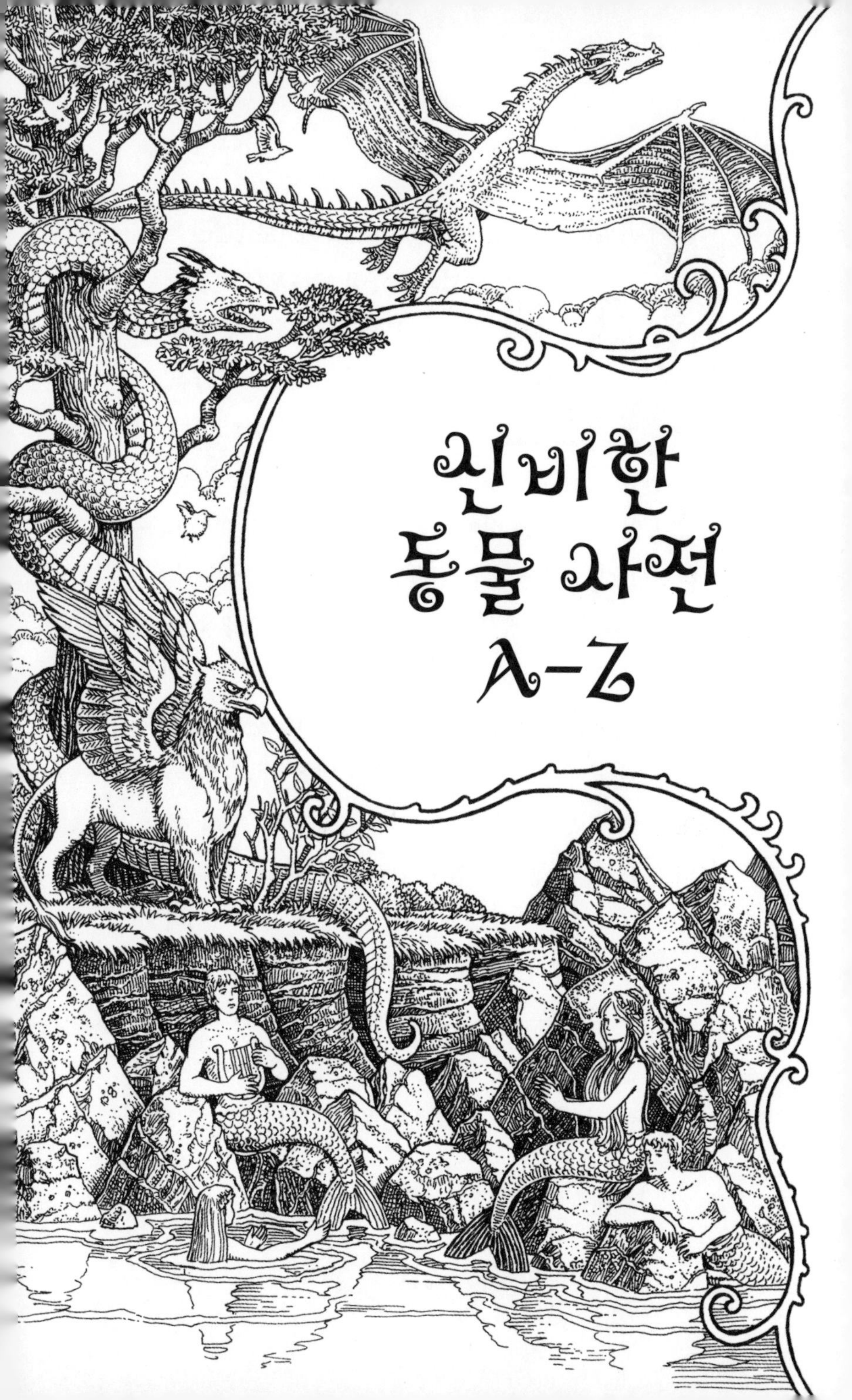

신비한 동물 사전 A-Z

Acromantula 애크로맨툴라

마법 정부 등급 : XXXXX

애크로맨툴라는 인간의 말을 할 수 있고 여덟 개의 눈을 가진, 어마어마하게 큰 거미다. 보르네오의 울창한 정글에서 발생했다. 두껍고 검은 털이 온몸을 뒤덮고 있으며, 몸통 길이가 최대 4.5미터까지 이르고, 흥분하거나 화가 나면 집게발로 또렷하게 딸깍거리는 소리를 내며, 독성 물질을 분비하는 특징이 있다. 육식성으로 덩치가 큰 먹이를 선호하며, 땅 위에 둥근 지붕 모양의 거미줄을 친다. 암컷이 수컷보다 몸집이 큰데, 한 번에 백 개 정도의 알을 낳는다. 부드럽고 하얀 알은 거의 배구공만큼이나 크며, 6주에서 8주 사이에 부화한다. 애크로맨툴라의 알은 마법 생명체 통제 관리부에서 A급 거래 금지 품목으로 규정하고 있기 때문에, 이 알을 수입하거나 판매하는 사람에게는 무거운 처벌이 내려진다.

거처나 보물을 지키기 위한 목적으로 어떤 마법사가 일부러 만들어 낸 생명체로 추측되는데, 마법으로 창조한 괴물들은 그런 목적을 가졌던 경우가 많다.* 인간과 유사

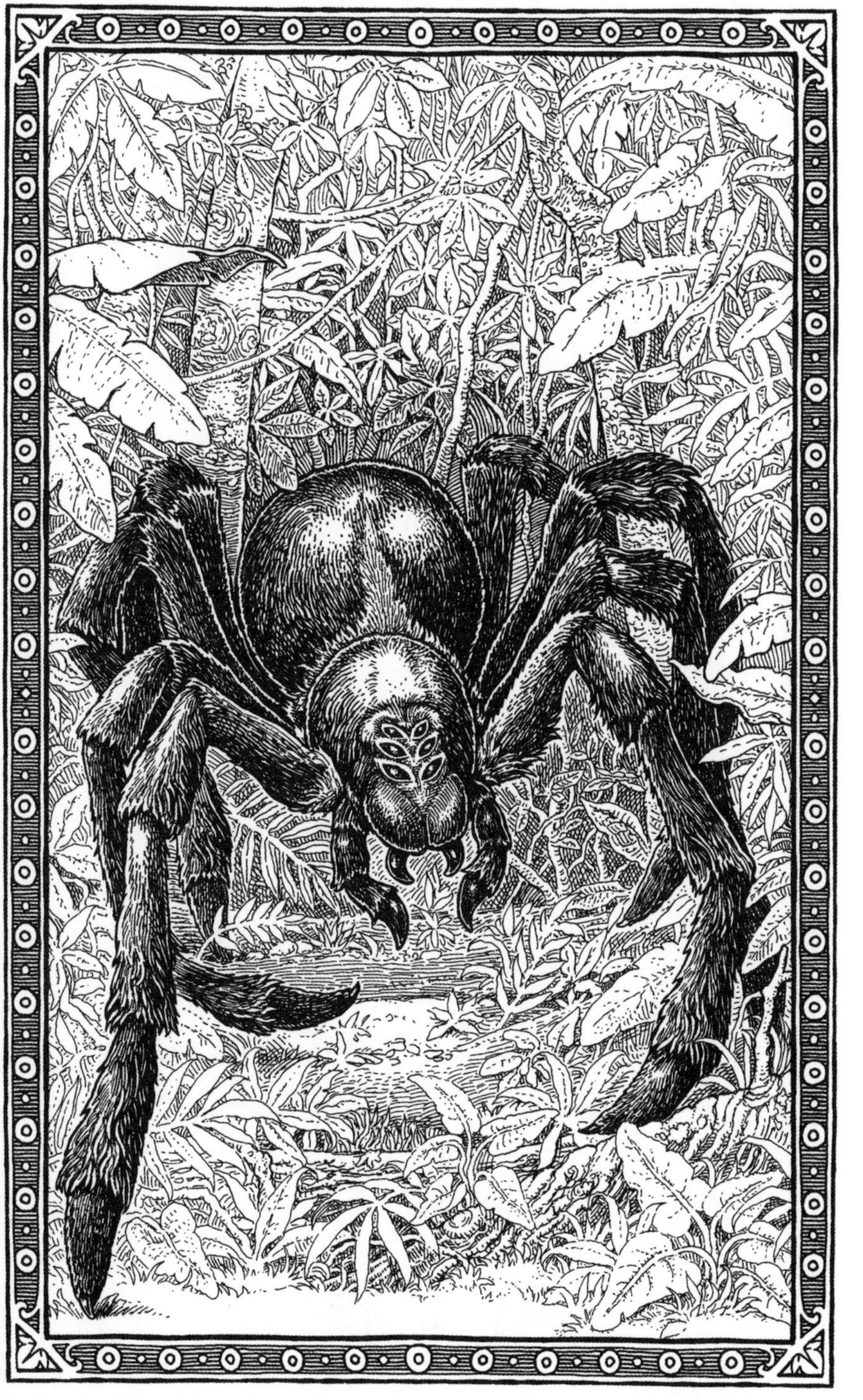

한 지능에도 불구하고 애크로맨툴라는 도저히 길들일 수 없으며, 마법사와 머글 모두에게 대단히 위험하다.

애크로맨툴라의 집단 서식지가 스코틀랜드 어딘가에 존재한다는 소문이 있지만, 아직까지 확인된 바는 없다.

Ashwinder 애시윈더

마법 정부 등급 : XXX

애시윈더는 마법의 불**을 너무 오랫동안 끄지 않고 내버려 두었을 때 불길 속에서 탄생한다. 타오르듯 환하게 빛나는 붉은 눈을 가진 이 가는 연회색 뱀은, 타다 남은 잿더미에서 솟아올라 재의 흔적을 남기며 어두운 그늘 속으로 스르르 미끄러지듯이 사라진다.

애시윈더는 오직 한 시간밖에 살지 못하는데, 그 시간 동안 어둡고 구석진 곳으로 기어 들어가서 알을 낳은 후에 다시 재가 되어 사라진다. 애시윈더의 알은 빨갛게 빛

• 인간의 말을 할 수 있는 짐승 중에서 스스로 말을 배운 경우는 지극히 드물며, 자베이만이 그 예외라고 할 수 있다. 실험적 품종 개량 금지법은 애크로맨툴라 최초 목격 기록이 남은 1794년으로부터 오랜 시간이 흐른 금세기에 들어서야 비로소 제정되었다.

•• 플루 가루가 첨가된 불처럼 어떠한 마법 물질이 첨가된 불을 통칭한다.

나고 굉장히 뜨거운 열을 내는데, 만약 빠른 시간 안에 찾아서 적당한 마법으로 차갑게 식히지 못하면 몇 분 이내에 그 열기가 집을 모조리 태워 버린다. 한 마리 혹은 그 이상의 애시윈더를 집 안에서 놓친 마법사는 즉시 애시윈더의 흔적을 추적해 알둥지를 찾아내야 한다. 차갑게 식힌 애시윈더의 알은 사랑의 묘약에 쓰이는, 매우 가치가 높은 약재가 된다. 때로는 학질을 치료하기 위해 애시윈더 알을 통째로 먹기도 한다.

애시윈더는 세계 전역에서 골고루 발견된다.

Augurey 어거레이

(일명 아일랜드 불사조)

마법 정부 등급 : XX

때때로 북부 유럽 어딘가에서 발견되기도 하지만, 어거레이의 발생지는 아일랜드와 영국이다. 호리호리하고 애처롭게 생긴 이 새는 겉으로 보기에는 제대로 먹지 못해 덜 자란 독수리처럼 보인다. 어거레이의 깃털 색깔은 초록빛이 감도는 검은색이다. 이 동물은 극도로 수줍음을 타는데, 들장미 덤불이나 가시나무에 둥지를 틀고 커다란 벌레와 요정을 잡아먹는다. 심하게 비가 쏟아지는 날에만 날아다니며, 그렇지 않은 날에는 눈물방울 모양의 둥지 안에 가만히 몸을 숨긴 채 꼼짝도 하지 않는다.

어거레이는 독특하게 낮고 고동치는 듯한 울음소리를 내는데, 이 소리가 한때 죽음을 예고한다고 알려져 이를 두려워한 마법사들은 어거레이의 둥지를 피해 다니곤 했다. 가시덤불 근처를 지나가다가 눈에 보이지 않는 어거레이의 비통한 울음소리를 들은 몇몇 마법사는 심장 발작을 일으켰다고 한다.• 하지만 끈질긴 연구를 통해 어거레이의 노랫소리는 단지 비를 예고할 뿐이라는 사실이 밝혀졌다.•• 이 사실이 알려진 다음부터 어거레이는 가정용 기상 통보관으로서 큰 인기를 누리고 있다. 하지만 몇 달 동안이나 계속되는 겨울에는 거의 날마다 울어 대므로, 어

• 괴짜 어릭은 무려 50마리가 넘는 애완용 어거레이를 기르며, 그들과 한방에서 같이 잠을 잤다고 한다. 비가 오는 어느 겨울날, 자신이 기르는 어거레이의 울음소리를 듣고 자신이 이미 죽어 유령이 되었다고 확신한 어릭은 집 벽을 통과하려는 시도를 했고, 어릭의 일대기를 쓴 래돌퍼스 피티먼의 묘사에 의하면 '열흘 동안이나 의식을 잃는 뇌진탕'을 일으켰다.

•• 걸리버 포크비가 쓴 《어거레이가 울었을 때, 왜 나는 죽지 않았을까》(리틀 레드 북스, 1824)를 참조할 것.

거레이를 키우는 마법사는 고도의 인내심을 발휘해야 한다. 어거레이의 깃털은 잉크를 튕겨내기 때문에 깃펜으로서 전혀 쓸모가 없다.

B

Basilisk 바실리스크

(일명 뱀의 왕)

마법 정부 등급 : XXXXX

역사상 최초로 기록된 바실리스크는 비열한 헤르포의 손에서 탄생했다. 그리스 출신 어둠의 마법사 헤르포는 파셀마우스였는데, 수많은 실험을 거듭한 끝에 두꺼비가 달걀을 부화시키면 비정상적으로 위험한 힘을 가진 거대한 뱀이 나온다는 사실을 알아냈다.

바실리스크는 몸집이 온통 초록색으로 번쩍거리는 뱀으로 몸길이가 거의 15미터까지 자라며, 수컷은 머리에 붉은색 깃털이 달려 있다. 바실리스크의 송곳니는 굉장히 강한 독을 뿜어내지만, 그들의 가장 위험한 무기는 바로 커다랗고 노란 눈동자다. 누구든 그 눈을 똑바로 바라보면 그 자리에서 즉시 죽음을 맞이한다.

먹잇감(모든 포유동물과 새와 대부분의 파충류)만 풍부하다면 바실리스크는 엄청나게 오랫동안 살아갈 수 있다. 비열한 헤르포가 만든 바실리스크는 900년 가까이 살았다고 전해진다.

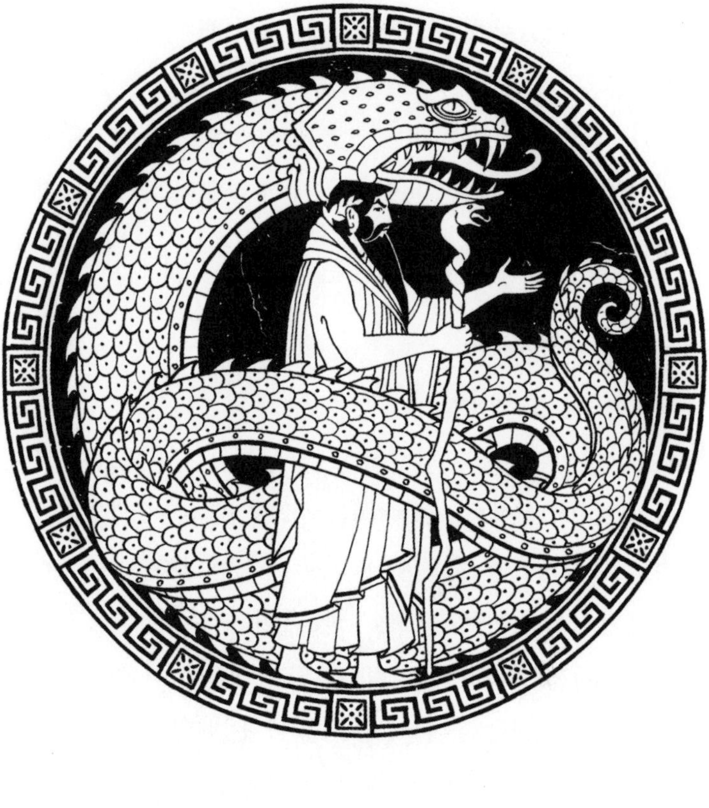

중세 시대 이후로 바실리스크를 만드는 행위는 법으로 엄격하게 금지되었지만, 마법 생명체 통제 관리부에서 조사를 나왔을 때 두꺼비 밑에 있는 달걀을 살짝 치우기만 하면 제조 시도를 감쪽같이 숨길 수 있다. 그러나 뱀의

말을 할 수 있는 파셀마우스 외에는 아무도 바실리스크를 통제할 수 없게 된 이후로 어둠의 마법사 역시 다른 마법사와 마찬가지로 바실리스크 앞에서 위협을 느꼈기 때문에, 최소 지난 400년 동안 영국에서 바실리스크를 목격했다는 기록은 남아 있지 않다.

Billywig 빌리위그

마법 정부 등급 : XXX

오스트레일리아에서 발생한 벌레로, 몸길이는 1.3센티미터가량이며 선명한 사파이어블루색을 띤다. 너무나 빠른 속도로 움직이기 때문에 머글은 거의 발견하지 못하며, 심지어 마법사도 이 벌레에 쏘이기 전까지는 알아채지 못하는 경우가 허다하다. 빌리위그의 날개는 머리 꼭대기에 붙어 있는데, 하늘을 날아갈 때에는 이 날개가 회전을 하면서 빠르게 빙빙 돌아간다. 빌리위그의 몸통 끝에 달린 길고 뾰족한 침은 찌른 사람의 몸을 허공에 붕 띄우며 아찔한 현기증을 일으킨다. 오스트레일리아의 젊은 마법사들은 이 부작용을 즐기기 위해 일부러 빌리위그를 잡아서 그 침에 찔리려고 애를 쓴다. 하지만 지나치게 여러 번 찔리면 며칠 동안 걷잡을 수 없이 둥둥 떠다니게 될 수 있으며, 심하게 알레르기 반응이 일어날 경우에는 영원히 둥둥 떠다닐 수도 있다. 바싹 말린 빌리위그의 침은 여러 가지 약재로도 사용되며, 인기 간식 피징 위즈비의 원료로 추측되기도 한다.

Bowtruckle 보우트러클

마법 정부 등급 : XX

보우트러클은 주로 잉글랜드의 서부 지방과 독일의 남부 지방, 스칸디나비아의 특정한 숲 속에서 발견되는 나무 수호신 생물이다. 몸집이 작고(최대 20센티미터 정도), 나무 껍질과 나뭇가지로 이루어진 몸통에 작은 갈색 눈 두 개가 달려 있어 여간해선 눈에 잘 뜨이지 않는다.

벌레를 잡아먹고 살며, 성격이 온순하고 굉장히 수줍음이 많다. 하지만 자신이 살고 있는 나무가 위기에 처하면, 보금자리를 해치려고 하는 나무꾼이나 수목 관리사에게 덤벼들어서 날카롭고 기다란 손가락으로 상대방의 눈을 찌른다. 나무에 기생하는 벌레를 바치면서 보우트러클의 마음을 달래면, 마법사가 마법 지팡이를 만들기 위한 나뭇가지 정도는 꺾을 수 있도록 허락한다.

Bundimun 번디먼

마법 정부 등급 : XXX

전 세계 도처에서 발견되는 번디먼은 나무로 만든 마루 밑이나 벽면 뒤로 아주 능숙하게 기어 들어가서 집을 갉아먹으며 살아간다. 번디먼이 서식하고 있는지 아닌지는 대개 무엇인가 썩는 듯한 지독한 악취로 알 수 있다. 번디먼은 자신이 살고 있는 집의 기반부터 썩어 들어가게 하는 분비물을 내뿜기 때문이다.

한 장소에 가만히 머물러 있을 때는 눈이 달린 초록색 곰팡이처럼 보이며, 깜짝 놀라면 헤아릴 수 없을 정도로 많은 가늘고 긴 다리로 허둥지둥 도망친다. 번디먼은 오물을 먹으면서 서식한다. 세척 마법을 사용하면 집 안에서 제거할 수 있지만, 번디먼의 수가 너무 많아지면 집이 붕괴할 수 있으므로 마법 정부의 마법 생명체 통제 관리부(유해 동물과)에 연락을 취해야 한다. 번디먼의 분비물을 희석한 액체는 일종의 마법 세척액으로 쓰인다.

Centaur 켄타우로스

마법 정부 등급 : XXXX•

켄타우로스는 머리와 팔을 포함한 인간의 상반신이 말의 몸에 붙어 있는 동물로, 몸통의 색은 다양하다. 지능이 높고 인간의 말을 자유롭게 구사하므로 엄밀하게 말해 '동물'이라고 할 수는 없지만, 켄타우로스들의 요청에 따라 동물로 분류되었다(〈들어가며〉 참조).

우거진 숲에서 살며, 그리스에서 유래했다고 전해진다. 현재 유럽 여러 지역에 켄타우로스 공동체가 형성되어 있으며, 켄타우로스가 발견되는 나라에서는 마법 당국이 특별 구역을 지정해 머글들로 인해 문제를 겪지 않도록 해 두었다. 그러나 그들 스스로 인간의 눈을 피할 수 있는 능력을 가지고 있기 때문에 마법사의 보호가 사실상 거의 필요하지 않다.

켄타우로스의 습성은 비밀에 싸여 있다. 그들은 비단

• 켄타우로스에 XXXX 등급이 매겨진 것은, 그들이 난폭하고 공격적인 성향을 가지고 있기 때문이 아니라, 오히려 아주 정중하고 조심스럽게 대해야만 하기 때문이다. 인어와 유니콘의 경우도 마찬가지라고 할 수 있다.

머글만이 아니라 마법사에 대해서도 노골적인 불신감을 드러내는데, 실제로 머글과 마법사를 전혀 다르게 생각하지 않는다. 10여 마리에서 50여 마리에 이르는 다양한 수가 모여 무리를 지어서 살아가며, 마법 의술이나 점술, 궁술, 천문학 등에 조예가 깊은 것으로 유명하다.

Chimaera 키메라

마법 정부 등급 : XXXXX

키메라는 염소의 몸통에 사자의 머리와 용의 꼬리가 달린

희귀한 괴물을 가리킨다. 그리스에서 탄생한 이 짐승은 지극히 사악하고 잔혹하기 때문에 굉장히 위험하다. 키메라를 살해하는 데 성공했다고 알려진 사례는 단 하나인데, 그 불운한 마법사는 키메라를 살해한 직후 너무 지친 나머지 날개 달린 말('날개 달린 말' 항목 참조)을 타고 가다 떨어져 죽음을 맞이했다고 한다. 키메라의 알은 A급 거래 금지 품목으로 분류된다.

Chizpurfle 치즈퍼플

마법 정부 등급 : XX

치즈퍼플은 0.1센티미터 정도 크기의 작은 기생충으로, 겉모습은 커다란 송곳니가 있는 게와 비슷하다. 주로 마력에 이끌리며, 크럽이나 어거레이와 같은 동물의 털이나 깃털 속에 기생한다. 치즈퍼플이 마법사의 집에 침입하면 마법 지팡이처럼 마력을 지니고 있는 물건을 공격해 힘의 원천이 있는 중심부에 도달할 때까지 조금씩 그 속으로 파고들거나, 더러운 솥 안에 서식하면서 남아 있는 마법약 찌꺼기를 게걸스럽게 먹어치우기도 한다.• 일반 가게에서 파는 수많은 특허 해충약으로 손쉽게 박멸할 수 있지만, 상태가 심각할 때에는 마법 생명체 통제 관리부 산하의 유해 동물과에 연락해서 조치를 취해야 한다. 치즈퍼플이 마법 물질을 먹고 크게 부풀어 올랐을 때에는 퇴치하기가 몹시 힘들다.

Clabbert 클래버트

마법 정부 등급 : XX

클래버트는 나무에서 거주하는 동물로, 원숭이와 개구리를 적당히 섞어 놓은 것처럼 생겼다. 미국 남부 지방에서 유래해 전 세계로 퍼졌다. 털이 없는 부드러운 초록색 피부에 얼룩덜룩한 반점이 나 있으며, 손과 발에는 물갈퀴가 달려 있다. 팔과 다리가 길고 유연해서 오랑우탄처럼 민첩하게 나뭇가지 사이를 옮겨 다닐 수 있다. 클래버트의 머리 부분에는 짧은 뿔이 여러 개 솟아 있으며, 마치 활짝 웃고 있는 것처럼 쭉 찢어진 입에는 면도날처럼 날

• 치즈퍼플은 주위에 마력을 지니고 있는 물질이 없으면, 전기를 발생하는 물질(전기가 어떤 것인지 보다 자세히 알고 싶으면, 빌헬름 위그워디가 집필한 《영국 머글의 가정생활과 사회적 관습》[리틀 레드 북스, 1987]을 참조할 것)을 공격한다고 알려져 있다. 비교적 최근에 발명된 머글 전기제품에서 일어나는 원인을 알 수 없는 고장은 치즈퍼플 감염으로 설명할 수 있다.

카로운 이빨이 촘촘하게 박혀 있다. 주로 작은 도마뱀과 새 들을 먹는다.

클래버트의 가장 고유한 특징은 이마 한가운데에 있는 커다란 돌기로, 위험을 감지할 때마다 붉은색으로 변하면서 번쩍거린다. 미국 마법사들은 한때 머글의 접근을 미리 알아차릴 수 있도록 정원에서 클래버트를 기르곤 했는데, 국제 마법사 연맹에서 이런 행위에 벌금을 부과하면서 대부분 근절되었다. 어두운 밤중에 나무에 매달려 있는 클래버트들의 돌기가 붉게 변하면 보기에 예쁘기는 하나, 수많은 머글에게 어째서 6월에도 크리스마스 전구를 매달아 놓고 있는지 이웃에게 묻고 싶은 충동을 느끼게 한다.

Crup 크럽

마법 정부 등급 : XXX

영국 남동부 지방에서 발생했으며, 꼬리 끝이 갈라졌다는 점을 제외하면 잭 러셀 테리어종과 대단히 흡사하다. 마법사가 창조한 개의 일종임이 거의 확실한데, 마법사에게는 무조건 충성하고 머글에게는 사납게 굴기 때문이다.

엄청난 잡식성으로 땅요정에서부터 낡은 타이어까지 무엇이든 닥치는 대로 먹어치운다. 머글 거주 지역 내에서 크럽을 자유자재로 통제할 수 있는 능력이 있음을 증명하는 간단한 시험을 통과하기만 하면, 마법 생명체 통제 관리부로부터 크럽 사육 허가증을 받을 수 있다. 크럽을 기르는 주인은 고통이 별로 없는 절단 마법을 써서 크럽의 꼬리를 반드시 자르도록 법적으로 규정되어 있다. 크럽이 개가 아니라는 사실을 머글이 눈치 채지 못하게 하려면 생후 6주에서 8주 사이에 절단 마법을 반드시 시행해야만 한다.

Demiguise 데미가이즈

마법 정부 등급 : XXXX

데미가이즈는 주로 동아시아에서 발견되는데, 어떤 위험에 처하면 몸을 투명하게 만들어 버리기 때문에 이 발견 자체가 대단히 어렵다. 오직 데미가이즈 생포 기술이 있는 마법사만이 이 동물을 볼 수 있다.

데미가이즈는 매우 온순한 초식동물로, 마치 우아한 원숭이처럼 생겼다. 커다랗고 유순한 검은 눈동자는 종종 긴 털에 감춰져 있으며, 몸 전체가 매끄럽고 고운 긴 은빛 털로 뒤덮여 있다. 이 털을 사용해 투명 망토를 짤 수 있기 때문에 데미가이즈의 가죽은 대단히 비싸게 거래된다.

Diricawl 디리코울

마법 정부 등급 : XX

모리셔스에서 발생한 날지 않는 새로 통통한 몸이 보풀보풀한 깃털로 뒤덮여 있으며, 날개를 한 번 퍼덕여 다른 장소로 순간이동하는 놀라운 위험 대처 기술을 가지고 있다 (불사조도 같은 능력을 지니고 있다. '불사조' 항목 참조).

흥미롭게도, 머글 역시 오래전에 디리코울의 존재를 분명하게 알고 있었다. 머글은 이들을 '도도'라고 불렀는데, 그들이 자신의 의지에 따라 모습을 감출 수 있다는 사실을 알지 못하기 때문에 지나친 사냥으로 이 종이 멸종되었다고 믿고 있다. 이 일을 계기로 머글 사이에서 다른 동물을 무차별적으로 살육하는 것에 대한 경각심이 생겨나기 시작한 듯하기 때문에, 국제 마법사 연맹은 디리코울이 생존하고 있다는 사실을 머글에게 알려 주는 것은 결코 바람직하지 못하다고 판단했다.

Doxy 독시

(때때로 '깨무는 요정'이라고도 불림)

마법 정부 등급 : XXX

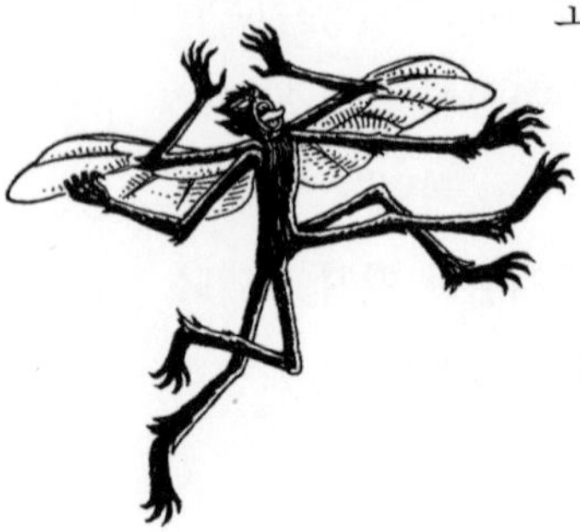

독시는 요정과는 전혀 다른 종임에도 불구하고 흔히 요정으로 오인되는데('요정' 항목 참조), 요정처럼 작은 인간의 형상을 하고 있기 때문이다. 그러나 요정과는 달리 독시의 몸은 굵고 검은 털로 뒤덮여 있으며, 제각

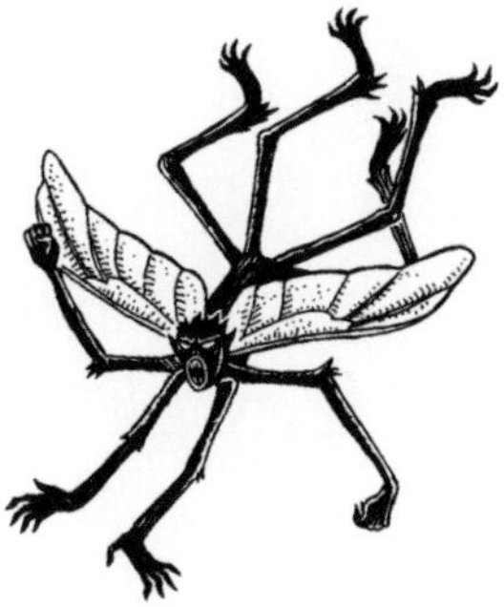

기 네 개나 되는 팔과 다리가 붙어 있다. 딱정벌레의 날개와 아주 흡사한 두껍고 둥근 모양의 날개를 가지고 있는데, 햇빛을 받으면 반짝거린다. 차가운 기후를 좋아하기 때문에 북부 유럽과 미국 전역에서 발견된다. 한 번에 500여 개의 알을 낳아서 모두 땅속에 파묻으며, 2주 혹은 3주 후에 부화한다. 날카롭고 독이 있는 이빨이 두 줄로 나 있다. 독시에게 물리면 반드시 해독제를 써야 한다.

Dragon 용

마법 정부 등급 : XXXXX

모든 마법 동물 중에서 아마도 가장 유명한 용은, 또한 머글에게서 은폐하기가 가장 어려운 종이기도 하다. 일반적으로 암컷이 수컷보다 더 크고 공격적인 성향을 가지고 있으며, 암컷이건 수컷이건 고도의 훈련을 받은 특수 기술을 갖춘 마법사만이 접근해야 한다. 용의 껍질, 피, 심장, 간, 뿔은 모두 대단히 귀중한 마법재이며, 용의 알은 A급 거래 금지 품목이다.

모두 열 가지 종(種)이 있으며, 때때로 다른 종과 교배해 희귀한 혼혈종을 낳기도 한다. 순종 용의 종류는 다음과 같다.

오스트레일리아 오팔아이 Antipodean Opaleye

발생지는 뉴질랜드이나 서식할 땅이 부족해져 오스트레일리아로 이주했다고 알려진다. 대부분의 용이 산에서 생활하는 데 반해, 오팔아이는 특이하게 계곡에서 주로 서식한다. 오팔아이의 크기는 다른 용과 비교해서 중간 정도이며(몸무게는 대략 2톤에서 3톤 사이), 아마도 용 중에서 가장 아름답다고 할 수 있다. 무지갯빛으로 빛나는 진주색 비늘과 여러 가지 색이 다양하게 섞여 번쩍이는 동공이 없는 눈동자를 가졌는데, '오팔아이'라는 이름은 바로 이 눈동자에서 비롯했다. 아주 새빨간 불길을 내뿜는데, 용치고 그리 위협적인 수준은 아니다. 그다지 공격적이지 않으며, 배가 고프지 않는 한 다른 동물을 거의 죽이지 않는다. 오팔아이가 가장 좋아하는 먹잇감은 바로 양인데, 가끔씩 그보다 더욱 큰 먹잇감을 공격하기도 한다. 1970년대에 일어난 캥거루 대량 학살 사건은, 세력을 잡고 있는 암컷 오팔아이에 의해 고향에서 쫓겨난 수컷의 소행이었다는 사실이 드러났다. 오팔아이의 알은 연한 회색인데, 무지한 머글들은 이를 화석으로 오인하기도 한다.

중국 파이어볼 Chinese Fireball

(때때로 '사자 용'이라고도 불림)

동양에 서식하는 유일한 용으로, 겉모습이 매우 위협적이다. 새빨갛고 부드러운 비늘이 온몸을 뒤덮고 있으며, 툭 불거져 나온 두 눈과 불쑥 튀어나온 들창코가 있는 얼굴 주위에 긴 황금색 가시들이 마치 술처럼 달려 있다. '파이어볼'이라는 이름은 화가 났을 때 콧구멍에서 버섯 모양의 불길을 마구 내뿜기 때문에 붙여졌다. 대부분 몸무게가 2톤에서 4톤 사이며, 암컷이 수컷보다 크다. 파이어볼의 알은 선명한 붉은색 바탕에 황금색 반점이 여기저기 박혀 있으며, 중국 마법사 사회에서는 이 껍질을 여러 가지 용도로 매우 귀중하게 사용한다. 공격적인 성격이지만, 자신과 동일한 종의 용에 대해서는 다른 종에게보다 너그러운 경향을 보인다. 그래서 때로는 자기 영역에 최대 두 마리까지의 다른 파이어볼이 들어오는 것을 용납하기도 한다. 거의 모든 포유류를 먹으며, 그중 돼지와 인간을 선호한다.

웨일스 그린 Common Welsh Green

웨일스 그린은 자기 고향인 웨일스 지방의 풍요로운 초원과 아주 잘 어울린다. 하지만 둥지는 초원보다 높은 산꼭대기에 위치해 있는데, 그곳에 웨일스 그린을 보존하기 위한 보호 구역이 세워졌기 때문이다. 비록 일광욕을 즐기는 머글들을 습격한 일프라콤 사건이 있기는 했지만, 웨일스 그린은 용 중에서도 가장 말썽이 없는 종으로 손꼽힌다. 오팔아이와 마찬가지로 양을 좋아하며, 몹시 화가 나기 전에는 먼저 인간을 피해 다닌다. 웨일스 그린은 깜짝 놀랄 만큼 음악적인 울음소리를 내기 때문에 다른 용과 쉽게 구별된다. 또한 가늘고 긴 불길을 내뿜으며, 초록색 반점이 찍힌 흑갈색 알을 낳는다.

헤브리디스 블랙 Hebridean Black

영국에서 발생한 또 하나의 용은 웨일스 그린과 비교해 훨씬 공격적인 성향을 가지고 있다. 헤브리디스 블랙은 용 한 마리당 약 250제곱킬로미터의 서식지를 필요로 하며, 길이가 거의 100미터에 달한다. 몸 전체가 거친 비늘로 잔뜩 뒤덮여 있으며, 눈동자는 빛나는 보라색이다. 등에는 얕지만 면도날처럼 날카로운 등마루가 한 줄로 솟아 있으며, 꼬리에는 화살촉 모양의 뾰족한 침이 달려 있고, 날개는 박쥐와 비슷한 모양이다. 주로 사슴을 잡아먹지만 커다란 개나 소를 사냥하기도 한다. 수 세기 동안 헤브리디스 제도에서 살고 있는 마법사 맥퍼스티 가문은 전통적으로 이곳 태생의 용을 관리하는 책임을 맡고 있다.

헝가리 혼테일 Hungarian Horntail

모든 종류의 용 중에서 가장 위험하다고 알려진 헝가리 혼테일은 몸통이 온통 검은 비늘로 뒤덮여 있으며, 도마뱀과 비슷하게 생겼다. 혼테일의 눈동자는 노란색이며, 이마에는 청동색의 뿔이 솟아 있고 기다란 꼬리에는 역시 청동색의 뾰족한 침이 달려 있다. 헝가리 혼테일은 용 중에서 가장 먼 거리(최대 15미터)까지 불길을 내뿜을 수 있다. 알은 시멘트색이고 유달리 껍질이 딱딱한데, 태어날 때부터 꼬리의 뾰족한 침이 잘 발달되어 있기 때문에 혼

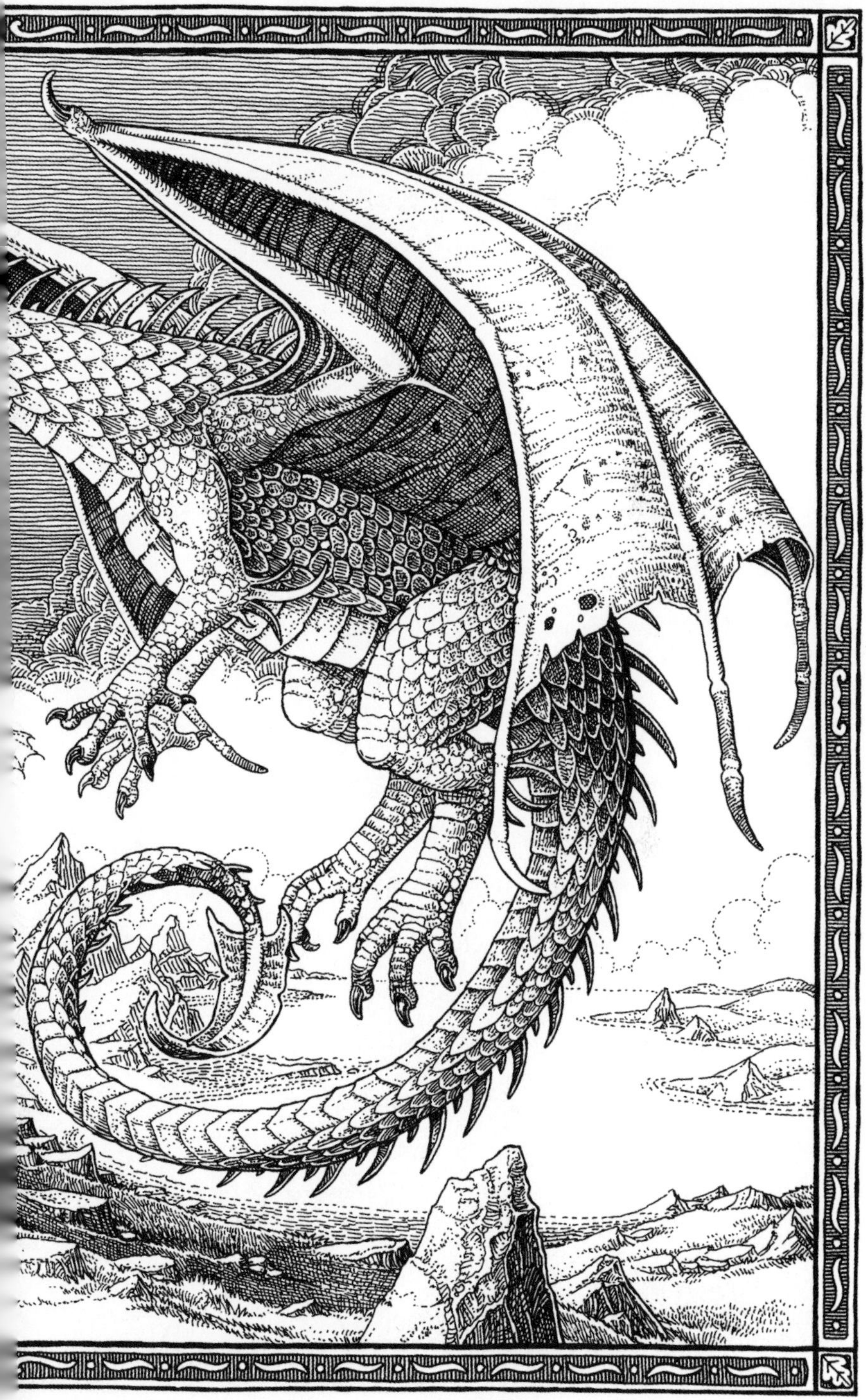

테일의 새끼는 꼬리로 껍질을 깨고 나온다. 주로 염소와 양을 잡아먹으며, 기회가 닿으면 인간도 사냥한다.

노르웨이 리지백 Norwegian Ridgeback

여러 가지 측면에서 헝가리 혼테일과 닮은 점이 많은 노르웨이 리지백은 뾰족한 침이 달려 있는 꼬리 대신, 아주 위협적으로 불끈 솟은 흑옥색의 등마루를 공격 무기로 사용한다. 자신과 같은 종류의 용에게도 보기 드물게 적대적인 성향을 가지고 있어, 오늘날 가장 희귀한 종류 중 하나라고 할 수 있다. 거의 모든 종류의 육상 포유류를 공격하는 것으로 알려져 있으며, 용 중에서 유일하게 물속에 사는 생물을 잡아먹기도 한다. 아직 확인되지 않은 보도에 의하면, 1802년에 노르웨이 리지백 한 마리가 노르웨이 앞바다에서 새끼 고래를 공격했다고 한다. 노르웨이 리지백의 새끼 용은 다른 용보다 훨씬 일찍(생후 1개월에서 3개월 사이) 불을 뿜는 능력이 발달한다.

페루 바이퍼투스 Peruvian Vipertooth

페루 바이퍼투스는 지금까지 알려진 용 중에서 가장 몸집이 작으며, 가장 빠른 속도로 난다. 몸길이가 겨우 5미터 정도밖에 안 되는 페루 바이퍼투스는 온몸이 부드러운 비늘로 덮여 있으며, 구리색 몸통에는 검은 등마루가 불쑥 솟아 있다. 짧은 뿔을 가지고 있으며 송곳니에 치명적인 독성이 있다. 염소와 소를 주로 사냥하지만 인간 사냥을 좋아하기도 해서, 19세기 후반 국제 마법사 연맹은 그 당시 놀라운 속도로 증가하던 바이퍼투스의 수를 줄이기 위해 특별 사냥꾼을 파견해야만 했다.

루마니아 롱혼 Romanian Longhorn

짙은 초록색 비늘이 온몸을 뒤덮고 있으며, 머리에 길고 번쩍거리는 황금 뿔이 달린 루마니아 롱혼은 먹이를 먹기 전에 먼저 이 뿔로 먹잇감을 파악한다. 곱게 빻아서 가루로 만든 루마니아 롱혼의 뿔은 마법 약재로 엄청난 가치를 가진다. 이 용의 고향인 루마니아는 모든 나라의 마법사들이 와서 가까운 거리에서 용을 관찰하며 연구하는, 세계에서 가장 중요한 용 보호 구역이 되고 있다. 최근 들어서 그 숫자가 급격하게 감소했기 때문에 집중 번식 프로그램의 대상이기도 하다. 마법사가 루마니아 롱혼의 뿔을 사고파는 것이 개체 수 감소의 주된 원인으로 알려져 있는데, 현재 루마니아 롱혼의 뿔은 B급 거래 품목으로 지정되어 있다.

스웨덴 쇼트스나우트 Swedish Short-Snout

스웨덴 쇼트스나우트는 매혹적인 은청색 용으로, 이 용의 껍질은 보호용 장갑과 방패 제작자들이 즐겨 사용하는 재료가 된다. 스웨덴 쇼트스나우트는 커다란 콧구멍에서 새파랗게 빛나는 푸른색 불길을 내뿜는데, 산림의 규모를 눈 깜짝할 사이에 줄이고 단단한 뼈도 한 줌의 재로 만들 정도의 위용을 뽐낸다. 이 용은 사람을 해쳤다는 기록이 다른 종류의 용보다 훨씬 적은데, 사람들이 아무도 살지 않는 거친 산악 지대에서 사는 것을 좋아하기 때문에 다른 용보다 순하다고 믿을 수는 없다.

우크라이나 아이언벨리 Ukrainian Ironbelly

용 중에서 가장 큰 종인 우크라이나 아이언벨리의 몸무게는 6톤까지 나간다고 알려져 있다. 페루 바이퍼투스나 루마니아 롱혼보다 하늘을 나는 속도가 느리고 몸이 비둔하지만, 내려앉는 것만으로 집을 무너뜨릴 수도 있기 때문에 대단히 위험하다. 우크라이나 아이언벨리의 비늘은 강철과 비슷한 색깔을 하고 있으며, 두 눈은 짙은 붉은색이고, 굉장히 길고 위협적인 발톱을 가지고 있다. 1799년에 우크라이나 아이언벨리 한 마리가 흑해에서 한 배(다행스럽게도 비어 있었다)를 공격한 이후로, 우크라이나 마법 당국은 이 용을 영구 감시 대상으로 지정했다.

Dugbog 더그보그

마법 정부 등급 : XXX

더그보그는 늪지에 서식하는 생물로, 주로 유럽과 북아메리카, 남아메리카 등지에서 발견된다. 움직이지 않고 가만히 있을 때에는 마치 죽은 나뭇가지처럼 보이지만, 좀 더 자세히 살펴보면 지느러미가 있는 앞발과 아주 날카로운 이빨을 볼 수 있다. 늪지를 스르르 미끄러지듯이 돌아다니면서 주로 작은 포유류들을 잡아먹으며, 걸어 다니는 인간의 발뒤꿈치에 치명상을 입히기도 한다. 하지만 더그보그가 가장 좋아하는 먹이는 맨드레이크다. 맨드레이크를 키우는 마법사라면 애써 키운 맨드레이크를 잡아당겼을 때 잔혹하게 조각조각 난 껍질만이 남아 있는 경우를 경험했을 텐데, 바로 땅속 더그보그의 소행이다.

Erkling 어클링

마법 정부 등급 : XXXX

어클링은 독일의 검은 숲에서 유래한 요정 생물로, 땅요정보다 더 크고(평균 키가 1미터 정도) 얼굴이 뾰족하다. 어클링의 높고 날카로운 웃음소리는 특히 어린 아이들의 마음을 완전히 빼앗는데, 이 웃음소리를 이용해 아이들을 유혹해 보호자들로부터 멀리 떨어진 곳까지 유

인한 후에 잡아먹는다. 하지만 독일 마법 당국의 엄격한 통제 덕분에 지난 몇 세기 동안 어클링의 살인 행위는 크게 줄어들었다. 마지막으로 알려진 사건은 어클링이 여섯 살짜리 마법사 브루노 슈미트를 공격한 일인데, 어린 슈미트가 아버지의 접이식 솥단지로 머리를 세게 내려쳐 어클링이 죽는 것으로 마무리되었다.

Erumpent 에럼펀트

마법 정부 등급 : XXXX

에럼펀트는 엄청난 힘을 가지고 있는 커다란 회색 짐승이다. 주로 서식하는 곳은 아프리카 지방으로, 몸무게가 거의 1톤이나 되기 때문에 멀리 떨어진 곳에서 보면 코뿔소로 오인되기도 한다. 에럼펀트의 두꺼운 가죽은 거의 모든 마법과 저주를 막을 수 있으며, 콧등에는 날카로운 뿔이 달려 있고 꼬리는 밧줄처럼 길다. 에럼펀트는 한 번에 한 마리의 새끼를 낳는다.

누군가가 심하게 도발하지 않는 한 먼저 공격하지 않지만, 일단 공격이 일어나면 결과는 무시무시하다. 에럼펀트의 뿔은 피부부터 금속까지 무엇이든지 꿰뚫을 수 있을 뿐만 아니라, 치명적인 액체가 담겨 있기 때문에 어딘가에 박히기만 하면 그대로 폭발해 버린다.

짝짓기 계절이 되면 수컷이 종종 다른 경쟁자들을 폭파시켜 버리기 때문에 에럼펀트는 그 숫자가 별로 많지 않다. 아프리카 마법사들은 에럼펀트를 아주 조심스럽게 다룬다. 에럼펀트의 뿔과 꼬리, 폭파액은 모두 B급 거래 품목(엄격한 관리를 요하는 위험 물질)으로, 마법약의 재료로 사용된다.

Fairy 요정

마법 정부 등급 : XX

요정은 약간의 지능을 갖고 있는 조그맣고 아름다운 동물이다.* 마법사는 종종 집 안 장식으로 요정을 이용하기도 한다. 일반적으로 우거진 숲 속이나 풀밭에서 살고 있으며, 몸집은 2센티미터에서 12센티미터까지 다양하다. 인간의 몸과 머리와 팔다리를 아주 작게 축소해 놓은 모양을 하고 있으며, 어깨에는 곤충처럼 날개가 달려 있다. 요정의 날개는 종류에 따라서 투명하기도 하고 다양한 색깔을 띠기도 한다.

요정은 마법의 힘을 약간 가지고 있어서 어거레이 같은 천적을 피하는 데 이를 사용한다. 걸핏하면 싸우려 드는 성격이지만, 대단히 허영심이 강하기도 해서 장식품이

---

* 머글은 요정이라면 사족을 쓰지 못할 정도로 엄청나게 좋아한다. 머글 아이들이 읽는 여러 가지 이야기를 보면 이를 잘 알 수 있다. 이 '동화'들에는 인간처럼 대화를 나눌 수 있고 분명한 개성을 지닌 날개 달린 존재가 등장한다(비록 종종 역겨울 만큼 감상적으로 묘사되긴 하지만). 머글의 상상대로, 요정은 꽃잎으로 만든 작은 방이나 속이 빈 버섯 같은 곳에서 산다. 종종 지팡이를 들고 다니는 것으로 묘사되며, 모든 마법 동물 가운데 머글의 주목을 가장 많이 받는다고 말할 수 있다.

되어 달라는 부탁을 받으면 언제든지 순순히 말을 들어준다. 인간과 같은 모습을 지녔지만 말을 하지는 못해서, 서로 대화를 나눌 때에는 높고 웅웅거리는 소리를 낸다.

요정은 나뭇잎 뒤에다 한 번에 50여 개의 알을 낳는다. 알이 부화하면 밝은 색깔의 애벌레가 나오고, 엿새나 열흘이 지나면 애벌레가 스스로 실을 뽑아서 고치를 짓는다. 한 달 후에 이 고치 속에서 완전한 형태를 갖춘 날개 달린 요정이 나온다.

Fire Crab 파이어 크랩

마법 정부 등급 : XXX

이름은 비록 게를 뜻하는 '크랩'이지만, 파이어 크랩은 오히려 등껍질에 보석을 잔뜩 박아 놓은 커다란 거북이와 훨씬 모습이 비슷하다. 발생지는 피지라고 알려져 있다. 피지에서는 파이어 크랩을 보호하기 위해 한쪽 해안 전체를 보호 구역으로 지정해 등껍질에 박힌 보석에 유혹을 느끼는 머글뿐만 아니라, 이 껍질을 값비싼 솥단지로 사용하려는 한심한 마법사로부터도 보호하고 있다. 하지만 파이어 크랩은 자체적으로도 효율적인 방어 체계를 갖추고 있는데, 공격을 받으면 뒤편 꽁지에서 불을 발사한다. 파이어 크랩은 애완용으로 수출되기는 하지만, 이를 위해서는 특별 허가증이 필요하다.

Flobberworm 플로버웜

마법 정부 등급 : X

플로버웜은 주로 축축한 도랑에서 서식한다. 거의 움직이지 않는 이 굵은 갈색 벌레는 최대 25센티미터까지 자란다. 플로버웜의 한쪽 끝은 다른 쪽 끝과 거의 차이가 없으며 양쪽 모두 점액을 내뿜는데, 플로버웜이라는 이름은 바로 여기에서 비롯되었다. 플로버웜의 분비물은 때때로 마법약을 끈적끈적하게 만드는 데 사용된다. 좋아하는 먹이는 상추지만, 야채라면 무엇이든지 먹는다.

Fwooper 프우퍼

마법 정부 등급 : XXX

프우퍼는 깃털이 아주 선명한 색깔인 아프리카 새를 가리킨다. 오렌지색, 분홍색, 초록색, 노란색 프우퍼가 있으며, 그 깃털은 오랫동안 아름다운 깃펜으로 사용되었다. 프우

퍼는 또한 눈부시게 알록달록한 알을 낳는다. 프우퍼의 노랫소리는 비록 처음에는 듣기가 좋지만, 계속해서 들으면 결국 듣는 사람을 미치게 한다.• 그러므로 프우퍼를 팔 때에는 미리 침묵 마법을 걸어 놓는데, 이 마법은 한 달에 한 번씩 다시 마법을 걸어서 약해진 효과를 강화시켜야 한다. 책임 있는 관리가 요구되므로 그 주인은 반드시 허가증을 받아야만 한다.

• 괴짜 어릭은 언젠가 프우퍼의 노래가 실제로는 건강에 유익하다는 사실을 증명하기 위해 석 달 동안 쉬지 않고 프우퍼의 노래를 들었다. 그러나 불행하게도 어릭이 마법사 의회에 보고한 진술은 별로 신빙성을 얻지 못했는데, 회의장에 도착했을 때 유릭이 가발 이외에는 아무것도 걸치지 않았고, 그나마도 자세히 살펴본 결과 가발이 아니라 죽은 오소리였기 때문이다.

Ghoul 굴

마법 정부 등급 : XX

굴은 비록 추악한 모습을 하고 있긴 하지만, 특별히 위험하지는 않다. 앙상하게 메마르고 뻐드렁니가 길게 나 있는 오거처럼 생겼으며, 일반적으로 마법사의 헛간이나 다락방에서 거주하면서 주로 거미나 나방을 잡아먹는다. 이따금씩 구슬프게 흐느끼면서 사방에 물건을 집어던지기도 하지만, 근본적으로 마음씨와 행동이 단순해 기껏해야 우연히 부딪힌 사람에게 벼락같이 고함을 지르는 정도일 뿐이다. 굴이 살고 있는 마법사의 집이 머글 소유로 넘어가면, 마법 생명체 통제 관리부에서는 굴을 제거하기 위해 굴 특별 기동대를 파견한다. 하지만 마법사 가정에서는 종종 화젯거리가 될 뿐만 아니라, 심지어 반려동물로 귀여움을 받기도 한다.

Glumbumble 그럼범블

마법 정부 등급 : XXX

온몸이 털로 잔뜩 뒤덮이고 날개가 달린 회색 벌레로, 주로 북부 유럽에서 서식한다. 우울증을 유발하는 달콤한 점액을 분비하는데, 이는 앨리핫시 잎사귀를 잘못 먹어서 일어난 히스테리 증세를 치료하는 해독제로 널리 쓰인다. 벌통을 파고들어서 꿀에 치명적인 영향을 입힌다고 알려져 있다. 텅 빈 나무 구멍이나 동굴같이 어둡고 외진 장소에 둥지를 틀며, 쐐기풀을 먹으면서 살아간다.

Gnome 땅요정

마법 정부 등급 : XX

땅요정은 북부 유럽과 북아메리카 등지에서 흔히 발견되는 정원의 골칫거리를 가리킨다. 키가 30센티미터 정도 되고 머리통이 비정상적으로 크며, 발은 딱딱하고 뼈가 앙상하다. 현기증이 날 정도로 빙빙 돌린 다음에 정원의 담장 너머로 패대기를 치면 쫓아낼 수 있다. 또는 자베이를 이용할 수도 있는데, 이 방법은 최근 마법사들 사이에서는 너무 잔혹하다고 여겨지고 있다.

Graphorn 그래폰

마법 정부 등급 : XXXX

산이 많은 유럽 지역에서 주로 발견되며, 등에는 혹이 달려 있고 몸집이 아주 크다. 몸집 전체가 회색이 뒤섞인 보라색을 띤다. 아주 길고 날카로운 뿔을 갖고 있으며, 네 개의 발가락이 달린 커다란 발로 걸어 다닌다. 대단히 성질이 사납다. 산에 사는 트롤이 이따금씩 그래폰을 타고 다니는 모습이 목격되지만 그래폰은 그다지 순순히 길들여지지는 않는 듯하며, 오히려 온몸에 그래폰이 입힌 상처 자국이 남아 있는 트롤의 모습이 더욱 자주 발견된다. 그래폰 뿔을 빻은 가루는 여러 가지 마법 약물에 사용된다. 하지만 그래폰 뿔을 구하기가 무척 어렵기 때문에 상당히 값이 비싸다. 그래폰 가죽은 용 가죽보다도 단단해서 거의 모든 마법을 막아 낼 수 있다.

Griffin 그리핀

마법 정부 등급 : XXXX

그리스에서 발생한 그리핀은 앞다리와 머리는 거대한 독수리의 모습을, 뒷다리와 몸통은 사자의 형상을 하고 있

다. 스핑크스와 마찬가지로('스핑크스' 항목 참조), 마법사들이 종종 보물을 지키기 위해 그리핀을 고용해 왔다. 그리핀은 몹시 사나운 기질을 가지고 있지만, 솜씨가 아주 뛰어난 마법사는 이들과 친해지기도 한다. 주로 날고기를 먹는다.

Grindylow 그린딜로

마법 정부 등급 : XX

그린딜로는 뿔이 달린 연초록색 수중 괴물로, 영국과 아일랜드 전역의 호수에서 발견된다. 주로 작은 물고기를 잡아먹으면서 살아간다. 마법사와 머글 모두에게 공격적인 성향을 보이지만, 인어는 그린딜로를 가축처럼 기른다고 알려져 있다. 그린딜로의 손가락은 매우 길고 움켜쥐는 힘이 강력하지만, 반면에 부러지기 쉽다.

Hidebehind 하이드비하인드

마법 정부 등급: XXXX

하이드비하인드는 뜻하지 않게 만들어진 종으로, 구대륙의 사기꾼 피니어스 플레처에 의해 북아메리카에 들어왔다. 금지된 유물과 생물들을 거래한 플레처는 투명 망토를 제작할 목적으로 데미가이즈를 밀거래해 미국에 들어오려 했는데, 화물칸에서 탈출한 그 데미가이즈가 밀항 중인 굴과 번식해 태어난 새끼들이 피니어스의 배가 부두에 도착하자 매사추세츠의 숲으로 달아났고, 오늘날까지 그 후손들이 그 지역에 모여 살고 있는 것이다. 하이드비하인드는 야행성이며 투명해지는 능력을 가지고 있다. 하이드비하인드를 본 사람들에 의하면 그들은 키가 크고, 은빛 털에 비쩍 마른 곰같이 생겼다고 한다. 좋아하는 먹이는 인간인데, 불운한 생물들을 힘으로 다뤘다고 알려진 피니어스 플레처의 잔인함의 결과가 아닐까 하고 마법동물학자들은 추측한다.

Hippocampus 히포캠퍼스

마법 정부 등급 : XXX

그리스 태생인 히포캠퍼스는 머리와 앞다리는 말의 모습을, 꼬리와 몸의 뒷부분은 거대한 물고기 형상을 하고 있다. 주로 지중해 연안에서 발견되는데, 1949년에는 스코틀랜드 바닷가에서 인어들이 푸른색 바탕에 하얀 얼룩무늬가 있는 거대한 히포캠퍼스를 잡아서 기르기도 했다. 반투명하고 커다란 알을 낳는데, 그 알이 부화하면 올챙이와 비슷하게 생긴 새끼가 태어난다.

Hippogriff 히포그리프

마법 정부 등급 : XXX

히포그리프는 현재 전 세계에서 발견되고 있지만, 유럽이 고향이다. 머리는 거대한 독수리 형상을 하고 있으며, 몸통은 말의 모습이다. 이들을 길들일 수는 있지만, 반드시 전문가에 의해 시도되어야 한다. 히포그리프에게 가까이 접근할 때에는 눈을 똑바로 뜨고 마주 바라보아야만 한다. 그리고 히포그리프에게 호의를 보여 주고자 할 때는 고개를 숙여 인사한다. 만약 히포그리프가 인사에 응답을 하면, 좀 더 가까운 거리까지 다가가도 안전하다.

히포그리프는 주로 땅속을 뒤져서 벌레를 잡아먹지만, 새나 작은 포유류를 먹기도 한다. 번식기가 되면 땅 위에 둥지를 틀고 단 하나의 알을 낳는데, 그 알은 몹시 크지만 연약해서 깨지기가 쉽다. 히포그리프의 알은 24시간 이내에 부화하며, 솜털이 나 있는 히포그리프 새끼는 일주일 이내에 하늘을 날아다닐 준비를 갖춘다. 하지만 부모를 따라서 보다 먼 거리까지 여행을 할 수 있으려면 최소한 한 달 이상을 기다려야 한다.

Hodag 호닥

마법 정부 등급: XXX

뿔이 달리고, 이글거리는 붉은색 눈과 긴 송곳니가 있으며, 커다란 개 정도의 덩치를 가진 호닥의 마법은 주로 뿔에 있다. 이 뿔을 가루로 만들어 복용하면 술에 취하지 않고, 일주일 동안 잠을 자지 않아도 버틸 수 있게 된다. 스낼리개스터와 마찬가지로 많은 머글들의 흥미와 호기심을 자극하는 장난을 치는 북아메리카의 마법 동물이다. 주로 문카프를 잡아먹는다. 한밤에 자주 머글의 농장으로 내려오곤 해서, MACUSA의 노마지 거짓 정보과는 머글들이 목격한 호닥을 짓궂은 장난일 뿐이라고 설득하는 데 많은 노력을 기울여 왔다. 현재는 대부분 성공적으로 위스콘신 주변의 보호 구역 안에서 거주한다.

Horklump 호클럼프

마법 정부 등급 : X

스칸디나비아에서 유래했으며, 현재는 북유럽 전체에 널리 분포되어 있다. 뻣뻣한 검은 털이 듬성듬성 나 있는 분

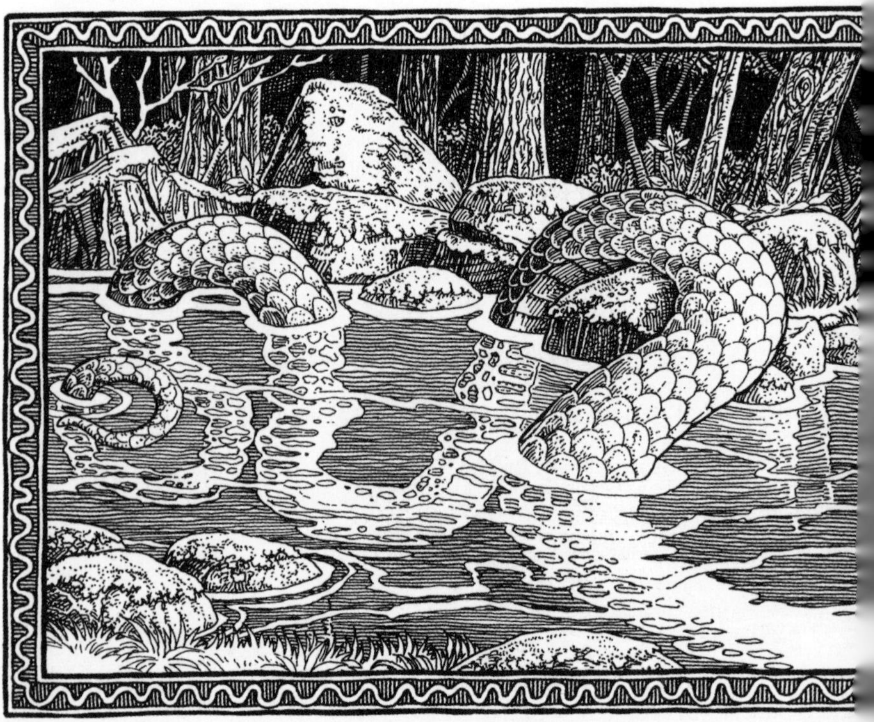

홍색 버섯처럼 생겼으며, 번식력이 왕성해서 단 며칠 만에 정원 하나를 완전히 뒤덮어 버릴 수 있다. 뿌리라기보다는 힘줄이 있는 촉수라고 하는 편이 더 적절한 신체 일부를 땅속 깊이 뻗어서 벌레를 잡아먹는다. 땅요정이 제일 좋아하는 먹잇감이며, 그 외에는 딱히 다른 용도가 없다.

Horned Serpent 혼드 서펀트

마법 정부 등급: XXXXX

전 세계적으로 몇 개의 종이 존재하며, 큰 표본들은 동아

시아에서 발견된다. 고대 우화집에 따르면 그들은 본래 서유럽 태생이나, 마법약 재료를 찾는 마법사들에게 사냥되어 멸종에 이르렀다고 한다. 가장 큰 규모로 다양한 혼드 서펀트들이 군집해 있는 곳은 북아메리카이며, 그중 가장 널리 알려지고 높은 가치를 인정받는 혼드 서펀트의 이마에는 날 수 있고 투명해질 수 있는 힘을 준다고 알려진 보석이 박혀 있다. 마법학교 일버르모니의 창립자 이솔트 세이어와 혼드 서펀트에 관해 내려오는 전설에 따르면, 뱀의 말을 이해할 수 있다고 알려진 세이어에게 혼드 서펀트가 미국에서 만들어진 첫 번째 마법 지팡이의 주재료로 그것의 뿔 껍질 일부를 주었다고 한다. 혼드 서펀트는 일버르모니 기숙사 중 하나의 이름이기도 하다.

Imp 임프

마법 정부 등급 : XX

임프는 영국과 아일랜드에서만 발견된다. 종종 픽시와 혼동되기도 하는데, 키가 서로 비슷하기는 하지만(15~20센티미터) 픽시와 달리 날 수 없으며 색깔도 선명하지 않다(임프는 보통 어두운 갈색에서 검은색 사이의 색을 띤다). 하지만 임프와 픽시 모두 야단법석을 떨면서 장난치

기를 좋아한다. 축축하고 물이 고여 있는 곳을 좋아해 주로 강둑 근처에서 발견되는데, 그곳에서 사람들이 방심하고 있는 틈을 타 등을 떠밀거나 발을 걸면서 장난을 친다. 주로 작은 벌레를 잡아먹는다. 요정과 아주 비슷한 방식으로 번식하지만 고치를 짓지는 않으며, 3센티미터 정도 되는 임프의 새끼는 알에서 나올 때 이미 제대로 모습을 갖추고 있다.

Jarvey 자베이

마법 정부 등급 : XXX

영국과 아일랜드와 북아메리카 등지에서 주로 발견되는 자베이는, 말을 할 줄 안다는 점을 제외하면 여러 가지 측면에서 몸집이 아주 거대한 흰족제비와 대단히 흡사하다. 하지만 진정한 대화를 나누기에는 자베이의 지능이 너무 낮기 때문에, 단지 짤막하고 (종종 상스러운) 말

몇 마디만을 끊임없이 지껄이고 다닐 뿐이다. 주로 땅 밑에서 살면서 땅요정을 쫓아다니며, 두더지나 들쥐도 잡아먹는다.

Jobberknoll 자버놀

마법 정부 등급 : XX

자버놀은 반점이 있는 작고 푸른 새로, 북부 유럽과 아메리카 둥지에 서식하면서 작은 벌레를 잡아먹고 살아간다. 마지막 숨을 거두는 순간이 다가오기 전까지는 결코 소리를 내지 않는데, 그 순간이 되면 지금까지 들었던 모든 소리를 하나로 연결해 마지막에 들었던 소리부터 거슬러 올라가는 긴 울음을 토해 낸다. 자버놀의 깃털은 베리타세룸과 망각 마법약을 만드는 데 사용된다.

K

Kappa 갓파

마법 정부 등급 : XXXX

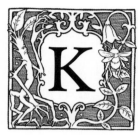

일본산 수중 괴물로, 주로 얕은 연못과 강에 서식한다. 종종 털 대신 비늘이 달린 원숭이처럼 생겼다고 전해지는데, 머리 꼭대기에 움푹 파인 구멍이 있어서 그 안에 물을 담고 다닌다.

갓파는 인간의 피를 먹고 살아가지만, 이름을 새겨 넣은 오이를 던지면서 그 사람을 해치지 말라고 부탁하면 순순히 들어준다. 뜻하지 않게 갓파와 마주치면 마법사는 속임수를 써서 어떻게 해서든지 갓파가 고개를 숙이도록 만들어야 한다. 그러면 머리 구멍에 담겨 있던 물이 쏟아지면서 힘을 전부 잃어버린다.

Kelpie 켈피

마법 정부 등급 : XXXX

영국과 아일랜드 등지에서 주로 서식하는 이 수중 괴물은 다양한 형상으로 얼마든지 모습을 바꿀 수 있다. 대부분의 경우에는 말의 모습으로 나타나는데, 그 말의 갈기에는 부들 풀이 달려 있다. 켈피는 방심하고 있는 사람을 유혹해서 등에 태운 다음, 강이나 호수 바닥으로 곧장 내려가서 잡아먹고는 그 내장을 물 위로 떠올려 보낸다. 켈피를 다스리는 가장 확실한 방법은 켈피의 머리에 고삐를 씌우고 장착 마법을 거는 것이다. 그렇게 하면 켈피는 유순하고 고분고분한 성격으로 변한다.

세계에서 가장 큰 켈피는 스코틀랜드에 위치한 네스호에서 발견되었다. 그 켈피가 가장 좋아하는 형상은 바다뱀인데('바다뱀' 항목 참조), 국제 마법사 연맹 소속의 감시단은 머글 조사단이 가까이 다가오자 얼른 수달로 모습을 바꾸고, 사람들이 완전히 사라지자 다시 바다뱀으로 변하는 것을 보고 비로소 그 동물이 진짜 바다뱀이 아니라는 사실을 깨달았다.

Knarl 크날

마법 정부 등급 : XXX

크날은 북부 유럽과 아메리카 등지에서 주로 서식하는데, 머글에게 흔히 고슴도치로 오인받는다. 사실상 고슴도치와 크날은 딱 한 가지 차이점을 제외하고는 전혀 다른 부

분이 없다고 할 수 있다. 고슴도치를 위해 정원에 음식을 갖다 놓으면, 고슴도치는 그 선물을 기꺼이 받아들이고 맛있게 먹는다. 반면에 크날에게 음식을 주면, 크날은 집 주인이 덫을 놓고 미끼를 던진다고 생각해 갑자기 난폭한 성향을 보이며 정원의 식물과 갖가지 장식물을 엉망으로 만들어 버린다. 수많은 머글 어린아이가 정원을 망가뜨렸다고 꾸중을 듣지만, 진짜 범인은 바로 성난 크날이다.

Kneazle 크니즐

마법 정부 등급 : XXX

크니즐은 본래 영국에서 사육되었지만 현재는 전 세계에 퍼져 있다. 얼룩덜룩한 무늬 혹은 반점이 있는 털이 난 작은 고양이처럼 생긴 이 짐승은, 큰 귀와 사자의 것을 닮은 꼬리를 가지고 있다. 영리하고 독립적이며 때로는 공격적인 성향을 보이기도 하지만, 한번 마법사를 마음에 들어하면 대단히 좋은 반려동물이 된다. 수상하거나 기분 나쁜 인물을 미리 알아차리는 초자연적인 힘을 가지고 있으며, 주인이 길을 잃었을 때에는 안전하게 집까지 인도하는 능력이 있다. 한 번에 여덟 마리의 새끼를 낳으며, 고양이와도 교배할 수 있다. 머글의 관심을 끌 만큼 독특한 겉모습을 가지고 있기 때문에, 크니즐의 주인은 크럽이나 프우퍼와 마찬가지로 사육 허가증을 받아야만 한다.

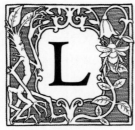

Leprechaun 레프러콘

(때때로 '클로리콘'으로도 불림)

마법 정부 등급 : XXX

요정보다 지능이 뛰어나고 임프나 픽시 혹은 독시보다는 덜 심술궂지만, 레프러콘 역시 짓궂기는 마찬가지라고 할 수 있다. 아일랜드에서만 찾아볼 수 있는 레프러콘은 키가 15센티미터까지 자라며, 초록색을 띠고, 나뭇잎을 사용해 간단한 옷을 만들어 입는다고 알려져 있다. '요정족' 중에서 유일하게 말을 할 수 있지만 '인류'로 재분류하기를 요청한 적은 없다. 알이 아닌 새끼를 낳으며, 대부분 숲이나 나무가 우거진 지역에서 산다. 머글의 관심을 끄는 것을 무척 좋아하기 때문에, 머글 어린아이를 위한 동화 속에 거의 요정만큼이나 종종 등장한다. 레프러콘은 진짜 황금처럼 보이는 것을 만들어 내는데, 몇 시간 후에는 감쪽같이 사라져 버린다. 이는 레프러콘이 가장 즐기는 장난이기도 하다. 주로 나뭇잎을 먹으며, 장난꾸러기라는 명성을 얻고 있지만 실제로 인간에게 해를 입혔다고 알려진 사례는 없다.

Lethifold 레시폴드

(일명 살아 있는 수의)

마법 정부 등급 : XXXXX

다행히도 오직 열대 지방에서만 발견되는 희귀 동물이다. 1센티미터가량 되는 검은 망토처럼 생겼으며(최근에 먹잇감을 잡아먹어서 소화를 시킨 후라면 조금 더 두껍다), 밤에 아무런 소리도 내지 않고 땅바닥 위를 미끄러지면서 이동한다. 우리가 알고 있는 레시폴드에 대한 최초의 기록은 마법사 플라비우스 벨비가 집필한 것이다. 플라비우스 벨비는 1782년 파푸아뉴기니에서 휴가를 즐기던 중에 레시폴드의 공격을 받아 운 좋게 살아남았다.

새벽 1시가 다가오자 마침내 졸음이 쏟아지기 시작했다. 그런데 무엇인가가 나지막이 바스락거리면서 가까이 다가오는 소리가 들렸다. 그저 창밖에서 흔들리는 나뭇잎 소리일 거라고 생각한 나는 창문 쪽으로 등을 돌린 채 돌아누웠다. 그리고 형체가 없는 검은 그림자가 침실 문 밑으로 슬며시 미끄러져 들어오는 것을 보았다. 나는 꼼짝 않고 그대로 침대에 드러누운

채, 졸린 머릿속으로 도대체 무엇이 달빛만 비치는 이 방에 저런 그림자를 만들 수 있을지 추측했다. 내가 가만히 드러누워 있었기 때문에, 레시폴드는 틀림없이 자신이 노리는 먹잇감이 잠을 자고 있다고 생각했을 것이다.

그 검은 그림자는 무시무시한 기세로 침대를 향해 서서히 미끄러져 다가왔다. 나는 그것이 내 몸을 살짝 짓누르는 것을 느꼈다. 그것은 꼭 바람에 나부끼는 검은 망토 같았다. 그것은 나를 노리면서 침대 위

로 서서히 기어올랐다. 검은 망토의 가장자리가 살짝 나풀거리는 게 보였다. 나는 그만 두려움에 질려서 마비라도 된 듯이 꼼짝도 못하고 드러누워 있었다. 그것이 가만히 턱에 와 닿는 순간, 나는 벌떡 몸을 일으켰다.

그것은 가차 없이 내 얼굴로 기어오르더니 입과 코를 완전히 뒤덮었다. 나를 질식시켜서 죽이려고 한 것이다. 나는 차가운 냉기가 온몸을 감싸는 것을 느끼면서 손발을 마구 버둥거렸다. 입과 코가 막혀 있었기

때문에 소리를 질러 도움을 요청할 수도 없어서, 손을 이리저리 더듬으면서 필사적으로 마법 지팡이를 찾았다. 그것이 얼굴을 완전히 덮어 버렸기 때문에 숨을 쉴 수 없고, 머리가 몹시 어지러웠다. 나는 젖 먹던 힘까지 다 짜내서 기절 마법을 걸었다. 하지만 침실 문에 구멍만 났을 뿐, 그 괴물을 떼어 낼 수는 없었다. 다시 방해 마법을 걸었지만 역시 아무런 소용이 없었다. 나는 미친 듯이 버둥거리면서 옆으로 마구 뒹굴었다. 잠시 후에 나는 마룻바닥으로 쿵 하고 떨어졌다. 레시폴드가 이제 나의 몸을 완전히 감싸고 있었다.

이제 얼마 안 있어 숨이 막혀서 완전히 의식을 잃게 될 거라는 생각이 들자, 나는 마지막 남은 힘을 모두 끌어 모았다. 그리고 지팡이를 몸에서 최대한 멀리 떼어 낸 후에 그 괴물의 치명적인 부위를 향해 겨누고서, 머릿속으로 마을 곱스톤 클럽의 회장으로 선출되었던 날을 떠올리면서 패트로누스 마법을 쏘았다.

그와 동시에 신선한 공기가 얼굴에 느껴졌다. 나는 천천히 고개를 들고 레시폴드를 쳐다보았다. 그 무시무시한 그림자는 내 패트로누스의 뿔에 박혀서 저

멀리 나동그라져 있었다. 그것은 곧 방을 가로질러 날아가더니 재빨리 눈앞에서 사라지고 말았다.

플라비우스 벨비가 극적으로 알아낸 바와 같이, 레시폴드를 물리칠 수 있다고 알려진 유일한 주문은 패트로누스 마법이다. 하지만 레시폴드는 대부분 깊이 잠들어 있는 먹잇감을 공격하기 때문에, 그 희생자들은 좀처럼 마법을 써서 싸워 볼 기회조차 갖지 못한다. 일단 먹잇감이 완전히 숨을 거두면 그 자리에서 먹어 치우기 시작하는데, 식사가 끝난 후에는 침대 위에서 천천히 소화시키고는 이전보다 조금 더 두꺼워지고 뚱뚱해진 몸으로, 그 자신이나 희생자의 흔적은 무엇도 남기지 않고서 그 집을 빠져나온다.•

• 레시폴드가 증거를 하나도 남기지 않기 때문에 그들에게 희생된 숫자가 얼마나 되는지 정확히 파악하기란 거의 불가능에 가깝다. 그나마 파악할 수 있는 것은 어떤 비도덕적인 이유로 레시폴드에게 당한 척하며 사라진 마법사들의 수인데, 가장 최근에는 1973년에 이런 사기극이 벌어졌다. 야누스 딕키라는 마법사가 침대 옆 탁자에 "오, 안 돼. 레시폴드에게 붙잡혔어. 숨이 막힌다"라고 휘갈긴 메모만을 남기고 사라졌는데, 흔적 하나 없이 텅 빈 침대를 보고 레시폴드가 그를 죽였다고 확신한 아내와 아이들은 고인의 죽음을 애도하며 장례식을 치렀다. 하지만 얼마 후에 야누스 딕키는 그린 드래곤의 여주인과 함께 8킬로미터 떨어진 곳에서 잘 살고 있는 것으로 드러났다.

Lobalug 로바러그

마법 정부 등급 : XXX

주로 북해의 바닥에서 발견되는 로바러그는 몸길이가 25센티미터가량 되는 아주 단순한 구조의 생물이다. 주둥이가 고무 성분으로 되어 있으며, 독이 든 액낭을 가지고 있는 것이 특징이다. 위험에 처하면 독이 든 액낭을 갑자기 수축시켜서 상대방에게 독을 발사하는데, 때때로 인어가 이들을 무기로 사용하기도 한다. 마법사는 마법약에 사용하기 위해 로바러그의 독을 추출하는 것으로 알려져 있는데, 이 과정은 엄격하게 통제된다.

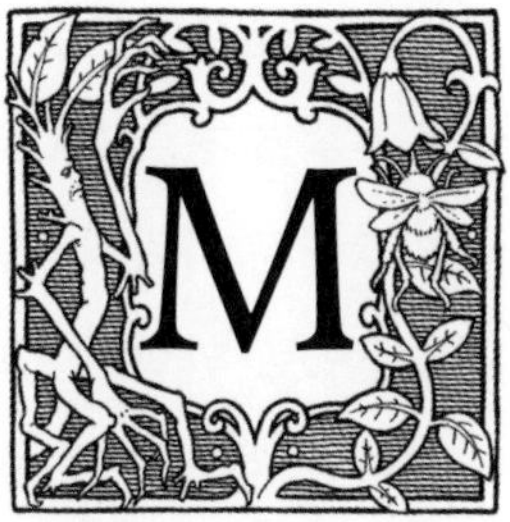

Mackled Malaclaw

맥클리드 말라클로우

마법 정부 등급 : XXX

맥클리드 말라클로우는 주로 유럽 전역의 험준한 해안가에서 발견되는 육상 생물이다. 겉모양은 바닷가재와 흡사하지만 인간이 먹기에 적합하지 않으며, 만약 먹게 되면 고열과 보기 흉한 초록색 발진을 일으킨다.

맥클리드 말라클로우는 몸길이가 30센티미터까지 성장하며, 연회색 몸통에 짙은 초록색 반점이 박혀 있다. 주로 작은 갑각류를 잡아먹지만, 가끔씩 그보다 더욱 큰 먹잇감을 노리기도 한다. 맥클리드 말라클로우에게 한번 물리면 상처를 입은 후에 일주일 동안 엄청난 불운이 따라다니는 특이한 부작용이 있다. 그러므로 일단 물리면 도박이나 내기, 위험한 모험 따위는 모두 취소하는 편이 좋다. 그렇지 않으면 분명히 나쁜 결과가 생긴다.

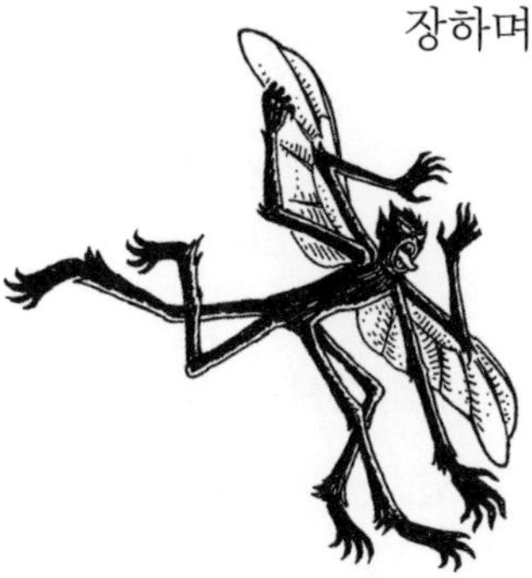

Manticore 만티코어

마법 정부 등급 : XXXXX

만티코어는 사람의 머리에 사자의 몸과 전갈의 꼬리를 가진, 극도로 위험한 그리스의 괴물이다. 키메라만큼이나 위험하고 희귀한 동물이라고 할 수 있다. 먹이를 잡아먹을 때 부드러운 노래를 부르는 것으로 널리 알려져 있다. 만티코어의 껍질은 지금까지 알려진 거의 모든 마법을 막아 낼 수 있으며, 꼬리에 달려 있는 독침에 쏘이면 그 자리에서 즉사한다.

Merpeople 인어

(일명 사이렌, 셀키 혹은 메로우)

마법 정부 등급 : XXXX•

전 세계에 골고루 분포하고 있다. 인어의 생김새는 거의 인간만큼이나 다양하며, 그 생활 방식과 습성은 켄타우로스만큼이나 베일에 싸여 있다. 하지만 인어의 말을 배운 마법사들은 인어 사회가 고도로 발달되어 있으며, 거주지

• 켄타우로스 분류 등급에 대한 주석을 참조할 것.

에 따라서 그 규모가 제각기 다르다고 말한다. 또한 어떤 인어는 정교하게 지은 집에서 살고 있다고도 한다. 켄타우로스와 마찬가지로 '인류'로 분류되기를 거부하고 '동물'의 범주에 남아 있기를 원한 종족이다(〈들어가며〉 참조).

인어에 대한 가장 오래된 기록은 그리스의 사이렌으로, 머글의 문학작품이나 그림에 묘사되는 아름다운 여자 인어들이 종종 발견되는 따뜻한 바다에 산다. 스코틀랜드의 셀키와 아일랜드의 메로우는 그보다 덜 아름답지만, 모든 인어들이 일반적으로 보이는 음악을 사랑하는 마음을 공유한다.

Moke 모크

마법 정부 등급 : XXX

모크는 길이가 30센티미터가량 되는, 은빛이 감도는 초록색 도마뱀으로, 영국과 아일랜드 전역에서 발견된다. 마음대로 몸의 크기를 줄일 수 있기 때문에 단 한 번도 머글에게 발각되지 않았다.

돈지갑이나 가방용으로 사용되는 모크 가죽은 마법사들 사이에서 아주 비싼 값에 거래되는데, 살아 있을 때와 마찬가지로 낯선 사람이 접근하면 움츠러드는 습성을 보이기 때문이다. 그러므로 비늘 달린 모크 가죽으로 만든 돈지갑은 도둑들이 찾아내기가 아주 어렵다.

Mooncalf 문카프

마법 정부 등급 : XX

문카프는 대단히 수줍음을 많이 타는 생물이기 때문에 오직 보름달이 뜰 때에만 굴속에서 나온다. 문카프의 몸은 부드럽고 연한 회색이다. 머리 꼭대기에는 툭 튀어나온 둥근 눈이 있으며, 가느다란 네 다리에는 거대하고 넓적한 발이 달려 있다. 문카프는 달빛이 은은한 외진 곳에서 뒷발로 일어서서 복잡하고 정교한 춤을 추는데, 이 춤은 짝짓기를 위한 서곡이라고 알려져 있다(이 춤은 종종 밀밭에 기하학적인 무늬를 남기는데, 이는 머글들에게 굉장한 수수께끼다).

은은한 달빛을 받으면서 춤을 추는 문카프를 지켜보는 일은 가히 환상적이다. 문카프의 춤을 구경한 마법사는 유용한 수확물을 얻기도 하는데, 해가 떠오르기 전에 문카프의 은색 똥을 긁어모았다가 마법 약초나 화단에 뿌리면 식물들이 아주 빠르고 굉장히 튼튼하게 자란다. 문카프는 세계 어디서나 찾아볼 수 있다.

Murtlap 머틀랩

마법 정부 등급 : XXX

주로 영국의 해안 지방에서 발견되는 생쥐와 비슷하게 생긴 동물이다. 머틀랩의 등에는 말미잘과 비슷한 모양의 촉수가 달려 있다. 이 촉수를 따서 먹으면 저주나 주문에 대한 저항력을 키울 수 있는데, 지나치게 많이 먹으면 귀에 보기 흉한 보라색 털이 날 수도 있다. 갑각류를 주식으로 삼으며, 머틀랩을 밟을 만큼 멍청한 사람의 발도 먹어치운다.

Niffler 니플러

마법 정부 등급 : XXX

영국에서 발견되는 동물로, 온몸에 검은 솜털이 나 있으며 주둥이가 아주 길다. 땅굴을 파고 돌아다니는 이 동물은 반짝거리는 것이라면 무엇이든지 좋아한다. 고블린은 종종 니플러를 길러서 땅속 깊은 곳에 묻힌 보물을 찾아내도록 한다. 유순하고 애정이 많지만, 거주

지를 파괴할 수도 있기 때문에 절대로 집 안에서 키워서는 안 된다. 지표면에서 6미터 정도 깊이의 지하에 살며, 한 번에 여섯 내지 여덟 마리의 새끼를 낳는다.

Nogtail 녹테일

마법 정부 등급 : XXX

유럽과 러시아와 아메리카 전역의 농촌 지역에서 발견되는 괴물로, 발육이 부진한 새끼 돼지처럼 생겼다. 긴 다리와 짧고 뭉툭한 꼬리, 가느다랗고 까만 눈을 가졌다. 돼지우리 속으로 몰래 기어 들어가서 새끼 돼지와 함께 어미의 젖을 빨아먹으며 자라며, 농가에 숨어 들어간 녹테일이 발견되지 않은 채로 성장하는 시간이 길어질수록 그 농장은 엉망이 되어 간다.

녹테일은 놀라울 정도로 행동이 빨라서 붙잡기가 몹시 어려운데, 순백색의 개가 농장의 울타리 밖으로 쫓아내면 두 번 다시 돌아오지 않는다. 그래서 마법 생명체 통제 관리부(유해 동물과)에서는 이 용도로 하얀 블러드하운드 열두 마리를 기른다.

Nundu 눈두

마법 정부 등급 : XXXXX

주로 동부 아프리카에서 발견되는 동물로, 아마도 이 세상에서 가장 위험한 짐승이다. 엄청난 덩치에도 불구하고 조금도 기척을 내지 않고 재빠르게 몸을 움직이는 이 거대한 표범은, 한 마을 전체를 몰살시키고도 남을 만큼 치명적인 질병을 유발하는 숨을 내뿜는다. 숙련된 마법사 백 명 이상이 달려들지 않으면 절대로 이 짐승을 붙잡을 수 없다.

Occamy 오캐미

마법 정부 등급 : XXXX

오캐미는 주로 동아시아와 인도 등지에서 발견된다. 몸통은 통통하고 뱀처럼 구불구불하며, 두 개의 다리와 날개가 있다. 오캐미는 몸길이가 4.5미터까지 자란다. 뱀과 생쥐를 잡아먹고 살지만, 때로는 원숭이를 공격하기도 한다. 무엇이든지 가까이 다가오기만 하면 일단 사나운 기세로 덤벼드는데, 특히 부드러운 순은 껍질로 덮인 알을 보호할 때에 더욱 공격적인 성향을 보인다.

P

Phoenix 불사조

마법 정부 등급 : XXXX•

불사조는 백조만 한 몸집의 위풍당당한 새다. 불사조의 깃털은 붉은색이며, 황금색의 기다란 꼬리와 부리, 발톱을 가지고 있다. 높은 산꼭대기에 둥지를 틀고 살아가며 이집트와 인도, 중국 등지에서 발견된다. 불사조는 부활할 수 있기 때문에 놀랍도록 긴 세월을 살아

간다. 육체가 쇠약해지면 스스로 불길을 일으켜 몸을 태운 후에 잿더미 속에서 다시 어린 새가 되어 날아오른다. 온화한 짐승이기 때문에 결코 다른 생물을 죽이지 않고, 오직 허브만을 먹으며 살아간다. 디리코울('디리코울' 항목 참조)과 마찬가지로 순간이동 능력을 가지고 있다. 불사조의 노래에는 마법의 힘이 있어서 순수한 마음을 지닌 자에게는 용기를 불어넣고, 순수하지 않은 마음을 지닌 자에게는 공포를 불러일으키는 것으로 알려져 있다. 불사조의 눈물은 강력한 치유의 힘을 발휘한다.

Pixie 픽시

마법 정부 등급 : XXX

픽시는 잉글랜드 콘월 지방에서 주로 발견된다. 픽시의 몸은 번쩍거리는 파란색이며 키는 20센티미터가량 된다. 짓궂은 행동을 대단히 좋아하기 때문에, 생각할 수 있는 모든 속임수와 장난을 즐긴다. 비록 날개는 없지만 하늘

- 불사조가 XXXX 등급을 받은 것은 공격적인 성향을 가지고 있기 때문이 아니라, 지금까지 불사조를 길들이는 데 성공한 마법사가 극히 드물기 때문이다.

을 자유롭게 날아다닐 수 있으며, 얼빠진 인간을 보면 그 귀를 움켜잡고 높은 나무 꼭대기나 건물 옥상 위에 올려놓는다. 오직 픽시들만이 알아들을 수 있는 높고 날카로운 소리로 지껄여 대며, 알이 아닌 새끼를 낳아 번식한다.

Plimpy 플림피

마법 정부 등급 : XXX

공처럼 둥근 몸에 얼룩덜룩한 반점이 나 있는 물고기로, 기다란 다리 끝에는 물갈퀴가 있는 발이 달려 있다. 깊은 호수 속에 살면서 먹이를 찾아 바닥을 헤매고 돌아다닌다. 플림피가 가장 좋아하는 먹이는 물달팽이다. 가끔씩 수영을 하는 사람들의 발을 깨물거나 옷을 갉아 먹기도 하지만 특별히 위험하지는 않은데, 플림피를 귀찮게 생각하는 인어는 그들을 보기만 하면 말랑말랑한 다리를 묶어 버린다. 다리가 묶인 플림피는 몸을 가누지 못하고 물살을 따라 멀리 떠내려가, 몇 시간이 지나 간신히 다리를 풀고 나서야 제자리로 돌아온다.

Pogrebin 포그레빈

마법 정부 등급 : XXX

포그레빈은 키가 30센티미터가량 되는, 털이 많은 몸뚱이에 매끄럽고 커다란 회색 머리가 달린 러시아 악귀로, 몸을 웅크리고 있으면 번쩍거리는 둥근 돌처럼 보인다. 인간을 좋아해서 그들의 그림자에 숨어 꼬리처럼 달라붙어 다니기를 즐기며, 그림자의 주인이 뒤로 돌아서면 재빨리 몸을 웅크린다. 만약 포그레빈이 몇 시간 동안이나 계속해서 한 사람의 뒤를 따라붙으면, 그 사람은 커다란 공허감에 사로잡혀 결국 무력감과 절망에 빠진다. 마침내 희생자가 걸음을 멈추고 땅바닥에 털썩 주저앉아서 아무런 이유도 없이 흐느끼기 시작하면, 포그레빈은 재빨리 희생자를 덮쳐서 꿀꺽 삼켜 버린다. 하지만 간단한 저주나 기절 마법으로 쉽게 격퇴되며, 발로 걷어차 쫓아낼 수도 있다.

Porlock 폴락

마법 정부 등급 : XX

주로 잉글랜드의 도싯주와 남부 아일랜드에서 발견되는

말의 수호자를 가리킨다. 북실북실한 털로 온몸이 뒤덮였으며 온통 헝클어진 머리카락을 텁수룩하게 길렀고, 코가 굉장히 크다. 두 갈래로 갈라진 발로 걸어 다니며, 작은 팔 끝에는 네 개의 뭉툭한 손가락이 달려 있다. 완전히 다 자란 폴락은 키가 60센티미터가량 된다. 주로 풀을 먹고 살아간다.

수줍음이 무척 많으며, 말을 지키면서 살아가기 때문에 마구간에 쌓여 있는 짚더미 속에서 발견되기도 한다. 자신이 지키고 있는 말들 한가운데에 자리를 잡고 살며, 인간을 별로 신뢰하지 않기 때문에 인간이 가까이 다가오면 언제나 모습을 감춘다.

Puffskein 퍼프스킨

마법 정부 등급 : XX

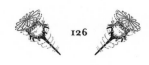

퍼프스킨은 전 세계에서 발견된다. 둥근 공 모양을 하고 있으며, 부드럽고 노란색 털이 온몸에 뒤덮여 있다. 퍼프스킨은 아주 유순하기 때문에 굴리거나 던져도 반항하지 않아 돌보기가 무척 쉽다. 기분이 좋을 때는 나지막한 콧소리를 낸다. 이따금씩 아주 길고 가느다란 분홍색 혓바닥을 밖으로 내밀고 음식을 찾아서 집 안 전체를 뒤지기도 하는데, 잡식성이기 때문에 먹다 남은 음식물 찌꺼기에서부터 거미까지 무엇이든지 닥치는 대로 먹는다. 특히 잠자는 마법사의 콧구멍에 혓바닥을 집어넣고 코딱지를 빨아 먹기를 좋아해 여러 세대에 걸쳐 어린 마법사들에게 무척이나 사랑받아 왔으며, 현재도 매우 인기 있는 마법사 가정의 반려동물이다.

Q

Quintaped 퀸타페드

(일명 털북숭이 맥분)

마법 정부 등급 : XXXXX

퀸타페드는 대단히 위험한 육식성 동물인데, 특별히 인간 고기를 좋아한다. 퀸타페드의 납작한 몸은 뻣뻣한 적갈색 털로 뒤덮여 있으며, 다섯 개의 다리 끝에는 각각 안쪽으로 굽은 발이 달려 있다. 퀸타페드는 스코틀랜드의 북쪽 끝에 위치한 드리어섬에서만 발견되는데, 이 섬에는 위치 파악 불가 마법이 걸려 있다.

드리어섬에 내려오는 전설에 따르면, 오래전에 이 섬에는 맥클리버트와 맥분이라는 두 마법사 가문이 살고 있었다. 어느 날 맥클리버트가의 우두머리인 듀갈드와 맥분가의 우두머리인 퀸티우스가 술에 몹시 취해 마법 결투를 벌였고, 결국 듀갈드가 죽음을 맞았다. 이에 대한 앙갚음으로 맥클리버트 일당이 어느 날 밤에 맥분가 저택을 포위해 맥분가 사람들을 한 명도 빠짐없이 다리가 다섯 개 달린 괴물로 변신시켜 버렸는데, 맥클리버트 일당은 괴물로 변한 맥분가 사람들이 이전보다 훨씬 위험해졌다는 사

실을 너무나 늦게 깨닫고 말았다(원래 맥분가는 마법 능력이 신통치 않다는 평판을 듣고 있었다). 더구나 맥분가 사람들은 자신들을 다시 인간으로 되돌리려는 모든 시도에 저항했다. 괴물들은 맥클리버트 가문의 마지막 한 사람까지 습격해서 없애 버렸고, 섬에 인간이라고는 단 한 명도 남지 않게 되었다. 그제야 지팡이를 휘두를 마법사가 아무도 남지 않았다는 사실을 깨달은 맥분가 괴물들은 영원히 그 모습 그대로 살아가게 되었다고 한다.

이 전설이 사실인지 아닌지는 결코 확인할 수 없다. 그들의 조상에게 무슨 일이 일어났었는지 우리에게 말해 줄 맥클리버트 혹은 맥분의 후손이 단 한 명도 남아 있지 않기 때문이다. 퀸타페드는 말을 할 수 없으며, 마법 생명체 통제 관리부에서 어떻게 해서든지 퀸타페드를 생포해 재변신 마법을 쓰려고 노력해도 완강하게 저항한다. 그러므로 우리는, 정말로 그들이 별명처럼 털북숭이 맥분들이라면 괴물로서 꽤나 만족스러운 삶을 보내고 있다고 짐작할 수밖에 없다.

Ramora 라모라

마법 정부 등급 : XX

라모라는 인도양에서 발견되는 은(銀) 물고기다. 대단히 강력한 마법의 힘을 지니고 있어서 선박을 정박시키기도 하며, 항해하는 사람들을 수호하기도 한다. 라모라의 가치를 높이 평가한 국제 마법사 연맹에서는 이들을 마법사 밀렵꾼의 손에서 보호하기 위해 수많은 보호법을 만들었다.

Red Cap 레드 캡

마법 정부 등급 : XXX

난쟁이처럼 생긴 레드 캡은 옛 전쟁터 혹은 인간의 피가 흘렀던 곳이라면 어디든지 구멍을 파고 살아간다. 레드 캡의 습격은 마법이나 주문으로 간단하게 물리칠 수 있지만, 어두운 밤중에 머글을 곤봉으로 때려죽이기도 하기 때문에 혼자 돌아다니는 머글에게는 굉장히 위험하다. 북부 유럽 어느 지방에서나 손쉽게 발견된다.

Re'em 리엠

마법 정부 등급 : XXXX

리엠은 피부가 황금 가죽으로 뒤덮여 있는 커다란 황소로, 북부 아메리카와 동아시아의 들판에서 발견되는 대단히 희귀한 짐승이다. 리엠의 피를 마시는 사람은 엄청난 힘을 얻게 되는데, 리엠을 발견하기가 쉽지 않기 때문에 피를 손에 넣는 일 역시 무척 어렵다. 따라서 시장에서 리엠의 피가 공공연히 거래되는 경우도 극히 드물다.

Runespoor 런에스푸어

마법 정부 등급 : XXXX

런에스푸어의 원산지는 아프리카의 작은 나라 부르키나파소다. 머리가 세 개 달린 뱀인 런에스푸어는 대개 2미터 내외로 자란다. 밝은 오렌지색 몸에 검은 줄무늬가 둘러져 있어 굉장히 쉽게 눈에 띄기 때문에, 부르키나파소 마법 정부에서는 특정 숲에 위치 파악 불가 마법을 걸어 런에스푸어만이 살 수 있도록 조처했다.

특별히 사악한 성향을 가지고 있지는 않지만, 특유의 강렬하고 위협적인 겉모습 때문에 한때 어둠의 마법사들이 즐겨 키웠다. 이 뱀을 기르면서 대화를 나누었던 파셀마우스가 남긴 기록을 통해 런에스푸어가 지니고 있는 흥미로운 습성을 알 수 있는데, 기록에 따르면 런에스푸어의 머리는 제각기 다른 역할을 맡고 있다. 왼쪽(런에스푸어와 마주 보고 있는 마법사 기준에서) 머리는 계획을 세운다. 이 머리는 런에스푸어가 어느 쪽으로 가고 다음에 무슨 일을 할지를 결정한다. 가운데 머리는 꿈을 꾸고(런에스푸어는 며칠 동안이나 꼼짝도 하지 않고 황홀한 환상과 상상 속에 빠져들곤 한

다), 오른쪽 머리는 끊임없이 짜증스럽게 쉿쉿거리는 소리를 내면서 왼쪽 머리와 가운데 머리의 노력을 평가하는 비평가 역할을 한다. 오른쪽 머리의 송곳니는 치명적인 독을 품고 있다. 런에스푸어는 오랫동안 살아남는 경우가 드문데, 세 머리가 서로를 공격하는 성향을 보이기 때문이다. 다른 두 머리가 연합해 오른쪽 머리를 물어 뜯어내 버려, 오른쪽 머리만 없는 런에스푸어가 종종 발견되기도 한다.

런에스푸어는 입으로 알을 낳는다. 이런 방식으로 알을 낳는 신비한 마법 짐승은 런에스푸어뿐이다. 런에스푸어의 알은 두뇌를 활발하게 움직이도록 자극하는 마법약을 만드는 재료로서 엄청난 가치를 인정받는다. 따라서 지난 몇 세기에 걸쳐 런에스푸어와 그 알을 파는 암시장이 성행하고 있다.

Salamander 샐러맨더

마법 정부 등급 : XXX

샐러맨더는 타오르는 불길 속에서 불을 먹으며 살아가는 작은 도마뱀이다. 눈부시게 하얀 이 도마뱀은 불의 열기에 따라서 푸른색이나 붉은색으로 변한다.

규칙적으로 후추를 먹으면 불 밖에서도 여섯 시간까지 살 수 있으며, 오직 자신이 태어난 불이 타오르고 있는 동안만 생명을 유지할 수 있다. 샐러맨더의 피에는 강력한 치유력과 회복 능력이 있다.

Sea Serpent 바다뱀

마법 정부 등급 : XXX

바다뱀은 주로 대서양과 태평양 그리고 지중해 등지에서 발견된다. 비록 겉보기에는 무시무시하지만, 사람을 해쳤다는 기록은 지금까지 전해지지 않는다. 하지만 과민 반응을 하는 머글은 바다뱀이 끔찍한 짓을 했다고 떠들기도 한다. 거의 30미터 길이까지 성장하며 머리 부분은 말의 형상을, 몸통은 뱀의 모습을 하고 있다. 가끔씩 바다 밖으로 불쑥불쑥 솟아오르기도 한다.

Shrake 쉬레이크

마법 정부 등급 : XXX

쉬레이크는 온몸이 가시로 뒤덮여 있는 물고기를 가리키며, 주로 대서양에서 발견된다. 최초의 쉬레이크는 1800년대 초반에 항해 중인 한 무리의 마법사들을 모욕한 머글 어부들에게 복수하기 위해 만들어졌다고 전해진다. 그 다음부터 바다의 특정 지역에서 물고기를 낚는 머글은 누구든지 구멍 뚫린 빈 그물만 끌어올리게 되었는데, 물론 깊은 바다 속에서 살고 있는 쉬레이크의 짓이다.

Snallygaster 스낼리개스터

마법 정부 등급: XXXX

북아메리카 태생으로 일부는 새이고 일부는 파충류인 스낼리개스터는, 한때는 용의 한 종이라고 여겨졌으나 현재는 오캐미의 먼 친척으로 추정된다. 불을 뿜을 수는 없지만 먹이를 자를 수 있는 톱니 모양의 강철 송곳니를 가지고 있다. 종종 국제 마법사 비밀 유지 법령을 위태롭게 하

는 동물로, 타고난 호기심에 방탄 가죽이 결합돼 겁을 주어 쫓아내기도 어렵다. 자주 머글들의 신문에 보도되기도 해 '관심병에 걸린 괴물'로 네스호 괴물과 선두를 다툰다. 1949년 이래로 헌신적인 스낼리개스터 보호 연맹이 스낼리개스터를 목격한 머글들의 기억을 지우기 위해 메릴랜드에 상설 주둔하고 있다.

Snidget 스니젯

마법 정부 등급 : XXXX[•]

골든 스니젯은 대단히 희귀한 보호 조류다. 골든 스니젯의 몸은 공처럼 둥글고, 부리는 길고 뾰족하며, 붉은 눈은 항상 보석처럼 반짝거린다. 360도로 회전할 수 있는 날개의 관절 때문에 상상을 초월하는 속도로 빠르게 날아다니면서 자유자재로 방향을 바꾼다.

골든 스니젯은 깃털과 눈이 아주 고가에 거래되기 때문에 한때 마법사들의 무분별한 사냥에 의해 멸종 위기에 처하기도 했는데, 다행스럽게도 너무 늦기 전에 이 위기가 널리 인식되어 적절한 보호 조치를 받았다. 이중 가장 눈에 띄는 조

• 골든 스니젯이 XXXX 등급으로 분류된 것은 위험하기 때문이 아니라, 이 새를 잡거나 해치는 자에게 엄중한 형벌이 내려지기 때문이다.

치가 바로 퀴디치 경기에서 스니젯을 대신해 골든 스니치를 사용하기 시작한 일이다.•• 스니젯 보호 구역은 전 세계에 골고루 분포하고 있다.

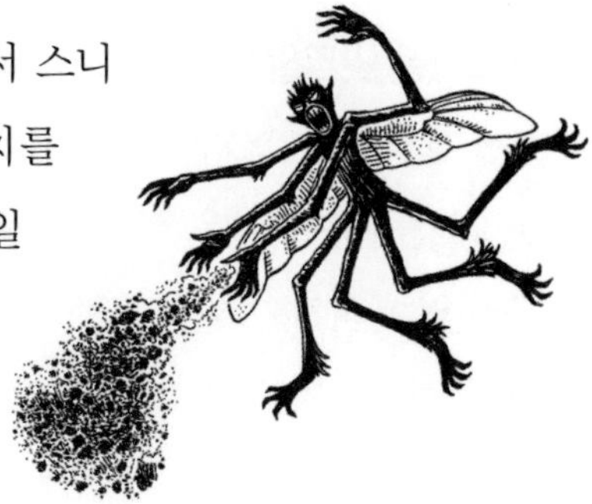

Sphinx 스핑크스

마법 정부 등급 : XXXX

이집트 스핑크스는 사자의 몸에 인간의 머리를 하고 있다. 천 년이 넘도록 마법사들의 귀중하고 비밀스러운 은신처를 보호하기 위해 사용되어 왔다. 대단히 지능이 뛰어나 수수께끼와 문제 풀이를 좋아한다. 보통 자신이 지키는 것이 위협받을 경우에만 사나워진다.

•• 골든 스니젯과 관련된 퀴디치 경기 발달사에 관심이 있는 사람은 케닐워디 위스프가 쓴《퀴디치의 역사》(위즈 하드 북스, 1952)를 참조할 것.

Streeler 스트릴러

마법 정부 등급 : XXX

한 시간마다 색깔을 바꾸는 거대한 달팽이로, 매우 독한 물질을 분비하기 때문에 스트릴러가 지나가면 주위의 식물이 시들거나 말라 버린다. 고향은 아프리카의 몇몇 나라지만 유럽과 아시아, 아메리카의 마법사들에 의해 성공적으로 양육되고 있다. 스트릴러의 다양한 색깔 변화를 즐기는 사람들은 종종 이들을 반려동물로서 키운다. 스트릴러의 독은 호클럼프를 죽일 수 있는 몇 안 되는 물질 중 하나로 알려져 있다.

Tebo 테보

마법 정부 등급 : XXXX

콩고와 자이르 등지에서 주로 발견되는 회색 혹멧돼지로, 몸을 투명하게 만드는 능력이 있기 때문에 몰아내거나 붙잡기가 어려우며 또한 매우 위험하다. 테보의 가죽은 보호 방패나 보호복을 만드는 데 사용되기 때문에 마법사들 사이에서 아주 높은 가격으로 거래된다.

Thunderbird 천둥새

마법 정부 등급: XXXX

천둥새는 북아메리카에서만 발견되며 특히 애리조나주에 가장 많은 수가 서식한다. 완전히 성장했을 때에는 사람보다 더 크고, 날면서 폭풍을 일으킬 수 있는 힘을 가진다. 초자연적인 위험에 매우 예민하기 때문에 천둥새의 깃털이 들어간 지팡이는 다른 지팡이보다 주문을 더 빠르게 발사한다고 알려져 있다. 일버르모니 마법학교 기숙사 중 하나의 이름이기도 하다.

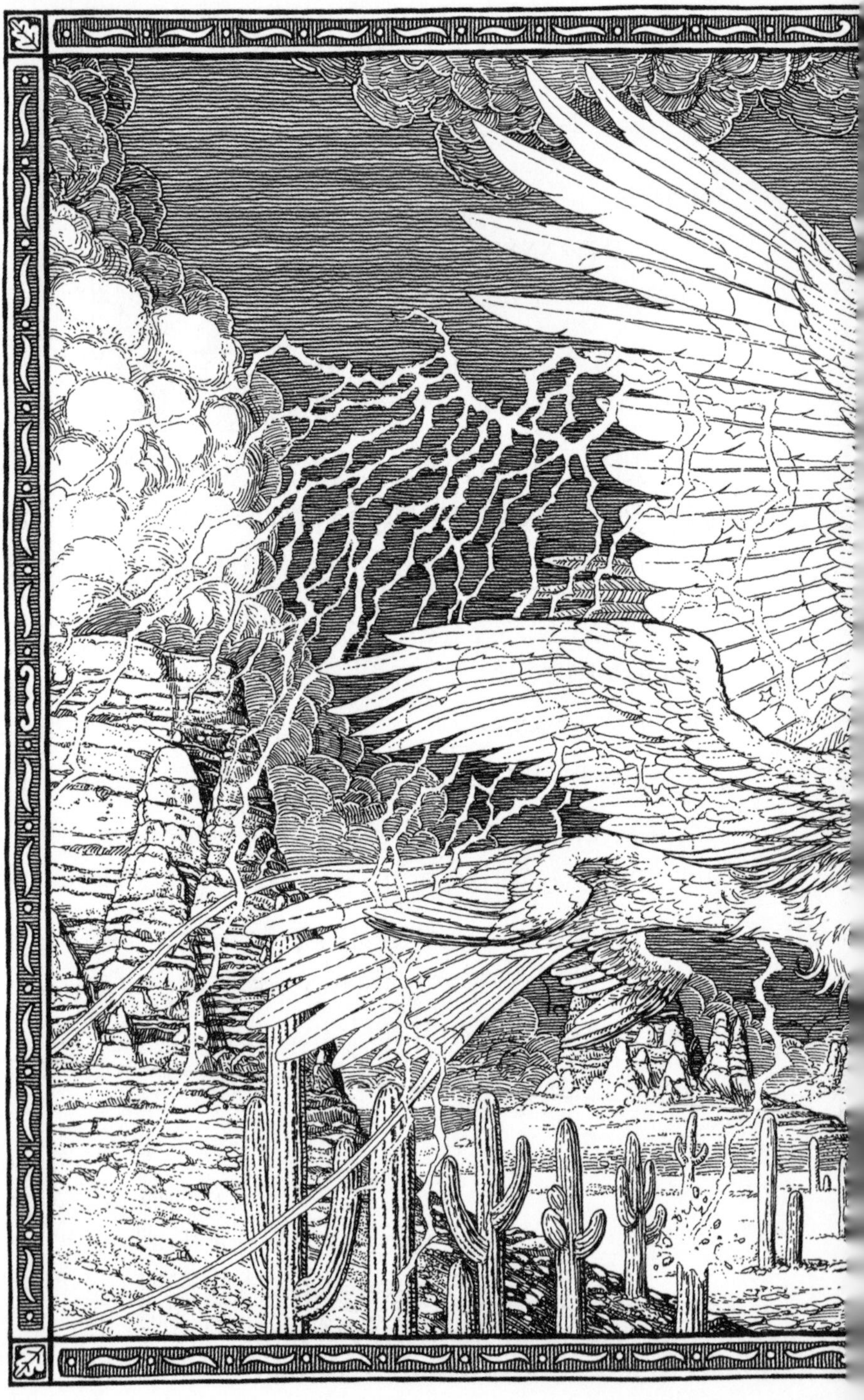

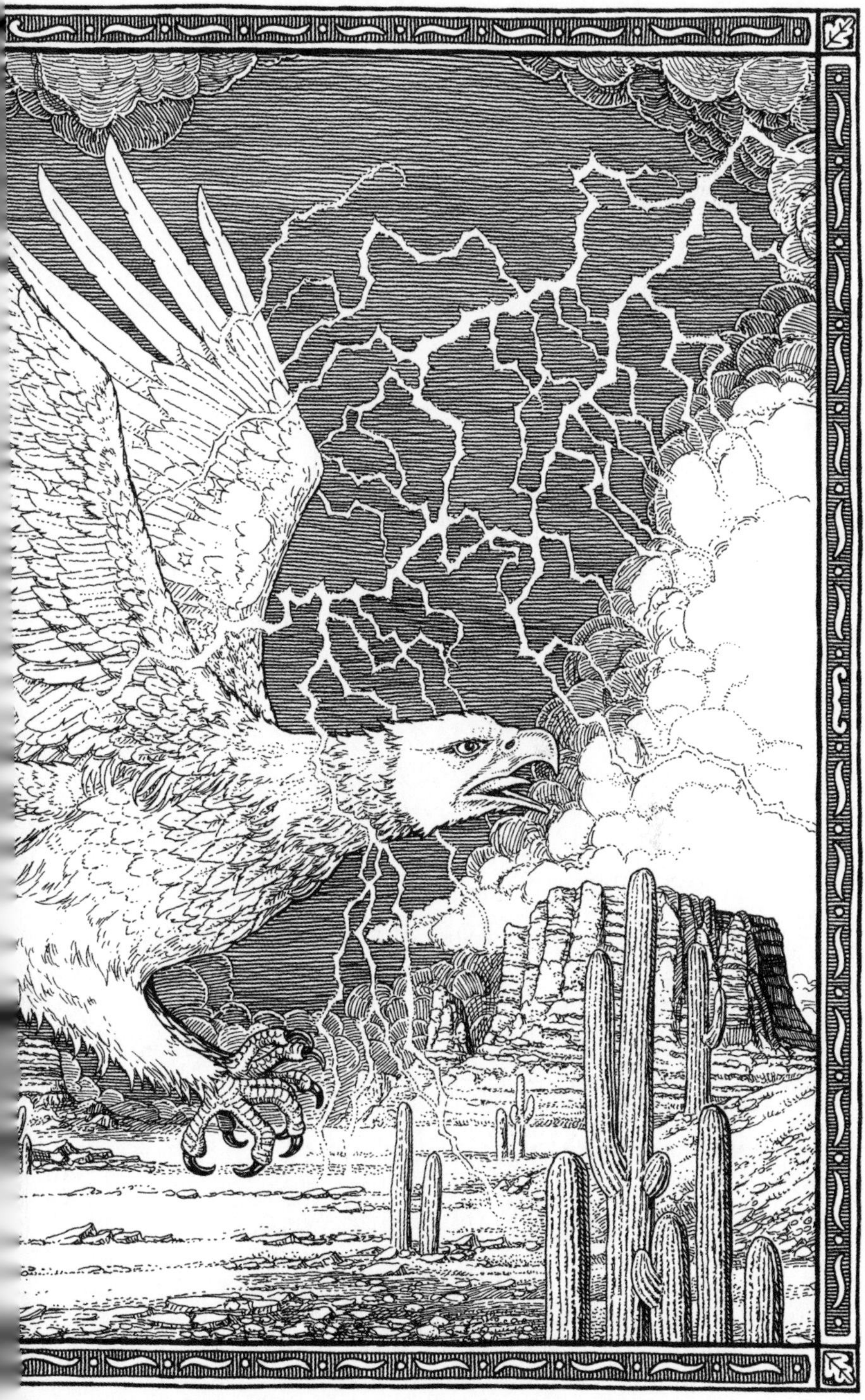

Troll 트롤

마법 정부 등급 : XXXX

트롤은 키가 3.5미터 정도 되고 몸무게가 1톤이 넘는 끔찍한 생물을 가리킨다. 엄청난 괴력과 우둔함 못지않게, 종종 예측할 수 없는 난폭한 행동을 일삼는 것으로 유명하다. 스칸디나비아 지방에서 탄생했으며, 현재는 영국과 아일랜드, 그 외의 북부 유럽에서도 발견된다.

트롤은 일반적으로 조악한 언어 몇 마디로 이루어진 것 같은 소리를 내면서 의사소통을 한다. 하지만 어떤 트롤은 간단한 인간 언어를 어느 정도까지 이해하며, 심지어 인간의 말을 하기도 한다. 좀 더 똑똑한 트롤은 특정 지역을 지키는 경비대 훈련을 받기도 한다.

트롤에는 세 가지 종족이 있는데, 산트롤과 숲트롤, 그리고 강트롤이다. 산트롤은 가장 덩치가 크고 또한 가장 사납다. 피부는 연한 회색이며 대머리다. 반면 숲트롤은 연한 초록빛 피부를 가지고 있으며, 그중 일부의 머리에는 초록이나 갈색의 가느다랗고 헝클어진 머리카락이 나 있다. 강트롤은 머리에 짧은 뿔이 있으며, 몸에 털이 많다. 피부는 보랏빛이며 종종 다리 밑에 숨는다. 트롤은 주로 날고기를 먹는데, 특별히 식성이 까다롭지 않기 때문에 야생 동물부터 인간에 이르기까지 다양한 먹이를 사냥한다.

Unicorn 유니콘

마법 정부 등급 : XXXX[•]

북부 유럽의 숲 전체에서 발견되는 아름다운 동물로, 새끼일 땐 황금빛을 띠다가 성숙기에 접어들면서 은색으로 변해 완전히 성장하면 순백색의 뿔 달린 말이 된다. 유니콘의 뿔과 피와 털은 모두 대단히 귀중한 마법 재료로 사용된다.[••] 일반적으로 인간과의 접촉을 회피하며, 마법사 중에서도 남성보다는 여성의 접근을 허용한다. 발걸음이 무척 빠르기 때문에 생포하기가 매우 어렵다.

• 켄타우로스 분류 등급에 대한 주석 참조.

•• 요정과 마찬가지로 유니콘도 머글 언론의 지대한 관심을 받지만, 이 경우에는 그럴 만한 이유가 있다고 인정되고 있다.

Wampus Cat 웜퍼스 캣

마법 정부 등급: XXXXX

평범한 퓨마나 쿠거와 크기나 생김새가 다소 비슷하며, 애팔래치아 태생이다. 뒷다리로 걸을 수 있으며 화살보다 더 빨리 달리고, 노란 눈에는 최면과 레질리먼시의 힘이 있다고 알려져 있다. 가장 광범위하게 웜퍼스 캣을 연구한 이들은 같은 지역 원주민인 체로키들인데, 지팡이 재료로 쓸 털을 얻는 정도의 성과만을 얻었다. 1832년, 신시내티의 마법사 아벨 트리톱스는 마법사들의 집 지키는 용으로 웜퍼스 캣을 길들이는 자신만의 독특한 방법을 가지고 있다고 주장했는데, MACUSA가 집을 단속하는 과정에서 크니즐에 부풀리기 마법을 거는 것이 발각되어 사기꾼이라는 사실이 드러났다. 북아메리카 마법학교 일버르모니의 기숙사 중 하나에 웜퍼스 캣의 이름이 붙어 있다.

Werewolf 늑대인간

마법 정부 등급 : XXXXX•

늑대인간은 북부 유럽에서 유래되었다고 알려졌으며, 세계 전역에서 골고루 발견된다. 인간은 늑대인간에게 직접 물렸을 때에만 늑대인간으로 변신한다. 치료 방법은 아직까지 발견되지 않았으나, 최근 마법약 제조법이 발달하여 최악의 증상을 상당한 정도까지 완화시킬 수는 있게 되었다. 한 달에 한 번, 보름달이 떠오를 때마다 멀쩡하고 정상적이던 마법사 혹은 머글이 살의에 찬 짐승으로 변한다. 먹잇감으로서 인간을 다른 동물보다 선호해, 마법 생명체들 중에서 거의 유일하게 적극적으로 인간을 사냥한다.

Winged Horse 날개 달린 말

마법 정부 등급 : XX~XXXX

전 세계에 골고루 분포되어 있으며, 아브라산(엄청나게 힘

• 이 분류 등급은 물론 지금 늑대로 변한 상태에 있는 늑대인간에게 해당되는 것이다. 보름달이 뜨지 않았을 때의 늑대인간은 평범한 인간과 마찬가지로 위험하지 않다. 익명의 저자가 쓴 고전 《털 난 주둥이, 인간의 심장》(위즈 하드 북스, 1975)에는 늑대로 변하지 않기 위해 노력하는 한 마법사의 필사적인 싸움이 감동 깊게 그려져 있다.

이 세고 몸집이 거대한 팔로미노[갈기와 꼬리는 하얗고 몸통은 담황색인 미국산 말—옮긴이]), 애소난(영국과 아일랜드에서 인기가 있는 밤색 말), 그라니안(매우 빨리 움직이는 회색 말), 희귀종인 세스트랄(투명 마법의 힘을 지니고 있는 검은 말로, 수많은 마법사들이 불운한 징조라고 생각한다) 등 여러 종류가 있다. 히포그리프와 마찬가지로 날개 달린 말의 소유자는 정기적으로 보호색 마법을 걸어야 한다(《들어가며》 참조).

Yeti 예티

(일명 빅풋 혹은 히말라야 설인)

마법 정부 등급 : XXXX

예티의 고향은 티베트다. 트롤과 혈연관계가 있는 것으로 여겨지지만, 아직까지 아무도 이를 증명하기 위한 실험을 할 수 있을 정도로 가까이 접근하지 못했다. 키가 4.5미터가량 되며 온몸이 흰 털로 뒤덮여 있다. 자기 앞에 나타나는 것은 무엇이든지 꿀꺽 삼켜 버리며, 불을 무서워한다. 기량이 뛰어난 마법사라면 예티를 격퇴할 수 있다.

저자에 대하여

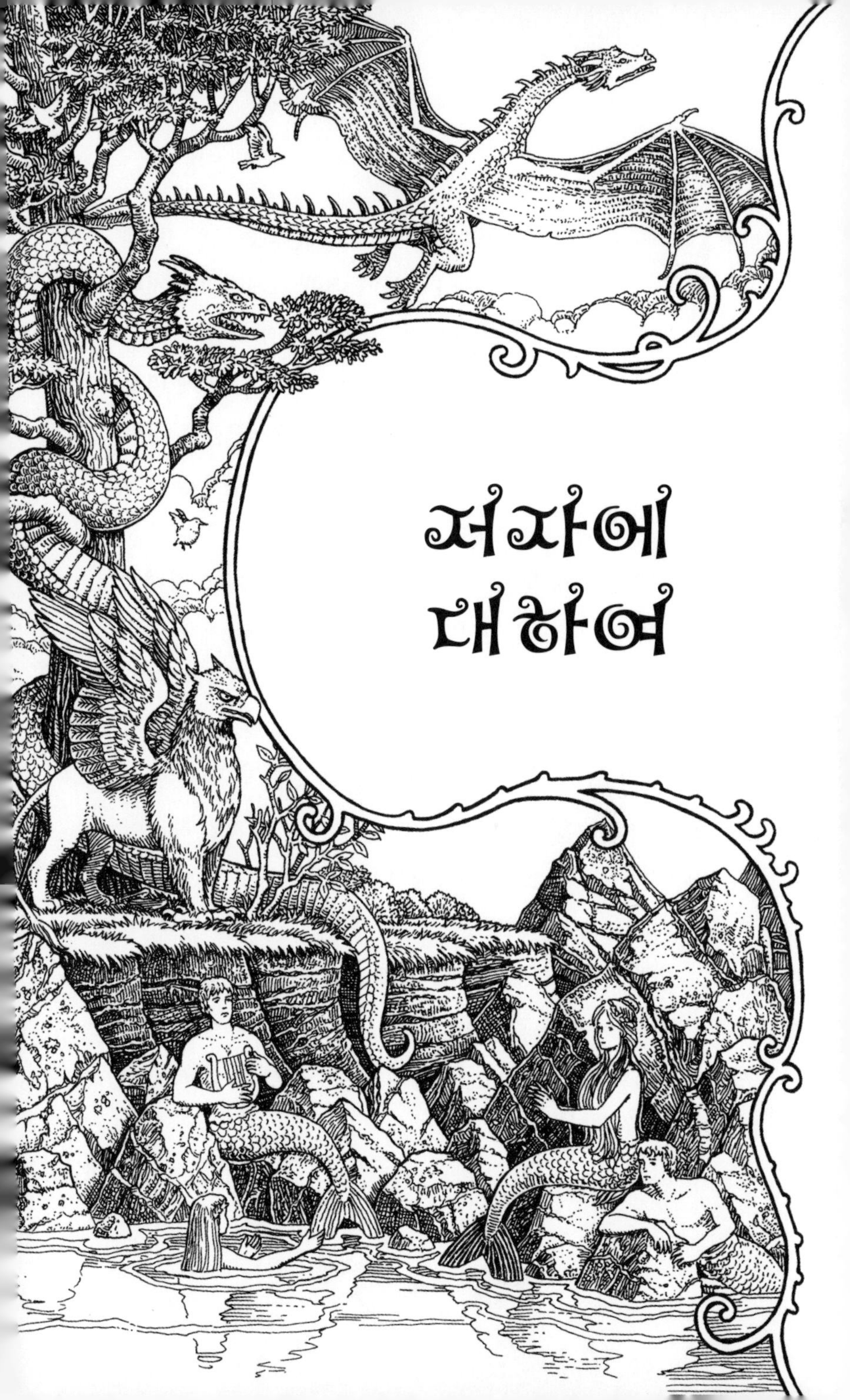

뉴턴('뉴트') 아르테미스 피도 스캐맨더는 1897년에 태어났다. 전설 속의 동물에 대한 스캐맨더의 지대한 관심은 돌아가신 그의 어머니로부터 비롯되었다. 그의 어머니는 마법 생명체인 히포그리프를 기르는 일에 열성을 기울였다고 한다. 호그와트 마법학교를 떠난 후 바로 마법 생명체 통제 관리부에 들어가 2년 동안 집요정 배치부에서 근무한 후(스캐맨더는 이 당시를 '참을 수 없이 지루한 시기였다'고 말한다), 동물 부서로 자리를 옮겨 마법 생명체에 대한 해박한 지식을 인정받아 빠르게 승진했다.

1947년에 제정된 늑대인간 법령은 거의 스캐맨더가 혼자 만들다시피 했다고 해도 과언이 아니다. 그러나 정작 스캐맨더 자신이 가장 자랑스러운 성과로 꼽는 일은 바로 1965년에 통과된 실험적 품종 개량 금지법 제정이다. 이 법의 제정으로 영국에서는 길들여지지 않는 새로운 종류의 괴물을 개발하는 일이 강력하게 금지되었다.

스캐맨더는 〈용 연구 및 통제 사무소〉와 공동으로 작업하면서 수많은 탐사 여행을 다녔는데, 이때 전 세계적인 베스트셀러 《신비한 동물 사전》을 쓰는 데 필요한 자료를 수집했다.

마법 동물 연구에 기여한 공로를 인정받아 1979년에 멀린 2급 훈장을 수여받았다. 지금은 은퇴하여 아내 포펜티나와 반려동물 크니즐인 호피, 밀리, 멀러와 함께 도싯에서 살고 있다.

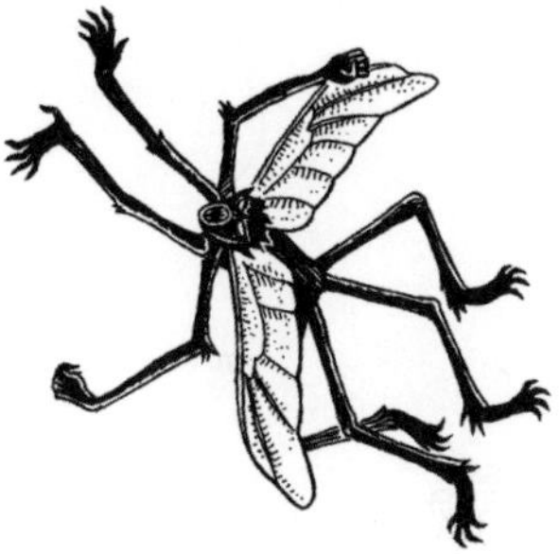

COMIC RELIEF UK

코믹 릴리프

2001년 이래로 J.K. 롤링이 코믹 릴리프를 위해 특별히 집필한 《퀴디치의 역사》와 《신비한 동물 사전》은 2000만 파운드(약 300억 원)에 가까운 마법 같은 수익을 올려 삶을 바꾸는 일에 공헌했습니다.

이번 새 개정판의 판매를 통해 모일 수익금은 전 세계 어린이와 젊은이 들이 안전하고 건강한 상태에서 충분한 교육을 받으며, 자율적으로 그들의 미래를 준비할 수 있도록 돕는 데 쓰일 예정입니다. 코믹 릴리프는 특히 갈등과 폭력, 방치와 학대로 인해 가장 어려운 환경에서 삶을 시작하는 어린이들을 돕는 일에 큰 관심을 기울이고 있습니다.

여러분의 후원에 감사드리며, 코믹 릴리프에 대한 보다 자세한 정보를 알고 싶으시면 comicrelief.com 혹은 트위터(@comicrelief), 코믹 릴리프 페이스북 페이지를 방문해 주시기 바랍니다!

LUMOS

Protecting Children. Providing Solutions.

루모스

전 세계적으로 800만 명의 어린이들이 고아원에서 살고 있으며, 그중 80%는 심지어 고아가 아닙니다.

많은 부모들이 가난해서 아이를 제대로 부양할 수 없다는 이유로 그들의 자녀를 고아원으로 보냅니다. 비록 많은 고아원들이 좋은 의도로 세워져 지원받고 있지만, 80여 년에 걸친 연구 결과에 따르면 고아원에서 자란 아이들은 건강과 발달에 손상을 입으며, 학대와 인신매매에 노출될 가능성이 높고, 행복하고 건강한 미래를 가꿀 수 있는 기회를 현격하게 적게 가집니다.

간단히 말해서, 어린이에게는 고아원이 아닌 가족이 필요합니다.

J.K. 롤링이 설립한 자선 단체 루모스는 〈해리 포터〉

시리즈에 나오는 어두운 장소에 빛을 가져오는 주문에서 그 이름을 따왔습니다. 루모스에서 하는 일이 정확하게 그런 것입니다. 루모스는 보호 시설에 숨겨진 아이들을 드러내고 보육 시스템을 전 세계적으로 바꾸어, 모든 아이들이 가족과 함께 그들이 마땅히 누려야 할 미래를 누릴 수 있도록 합니다.

이 책을 구입해 주셔서 고맙습니다. J.K. 롤링과 루모스와 함께 세상을 바꾸는 일에 함께하고 싶으시다면 wearelumos.org 혹은 트위터 아이디 @lumos, 루모스 페이스북 페이지에서 참여 방법을 확인하실 수 있습니다.

옮긴이 최인자

연세대학교 영어영문학과를 졸업하였다. 1992년 《조선일보》 신춘문예 평론 부문 당선으로 등단, 현재 문학평론가로 활동 중이다.
옮긴 책으로 《재즈》《로빈슨 크루소》《오페라의 유령》《이상한 나라의 앨리스》《외국인 학생》《음유시인 비들 이야기》《퀴디치의 역사》〈해리 포터〉 시리즈 등이 있다.

호그와트 라이브러리

신비한 동물 사전

초　판 1쇄 발행 2001년 7월 2일
초　판 12쇄 발행 2011년 10월 12일
개정1판 1쇄 발행 2012년 12월 1일
개정1판 8쇄 발행 2016년 4월 12일
개정2판 1쇄 발행 2018년 1월 25일
개정2판 15쇄 발행 2021년 10월 28일
개정3판 4쇄 발행 2024년 6월 5일

지은이 | J. K. 롤링
옮긴이 | 최인자
발행인 | 김은경

펴낸곳 | 문학수첩리틀북
주　소 | 경기도 파주시 회동길 503-1, 3층(문발동 633-4) 출판문화단지
전　화 | 031-955-9088(마케팅부), 9532(편집부)
팩　스 | 031-955-9066
등　록 | 2001년 3월 29일 제03-01282호

홈페이지 | www.moonhak.co.kr
블로그 | blog.naver.com/moonhak91
이메일 | moonhak@moonhak.co.kr

ISBN 978-89-5976-218-7 04840
ISBN 978-89-5976-217-0 (세트)

「이 도서의 국립중앙도서관 출판예정도서목록(CIP)은 서지정보유통지원시스템 홈페이지(http://seoji.nl.go.kr)와 국가자료공동목록시스템(http://www.nl.go.kr/kolisnet)에서 이용하실 수 있습니다.(CIP제어번호: CIP2017026051)」